Ana Francis Mor
La primera que camina

RESERVOIR BOOKS

Ana Francis Mor

La primera que camina

El papel utilizado para la impresión de este libro ha sido fabricado a partir de madera
procedente de bosques y plantaciones gestionadas con los más altos estándares ambientales,
garantizando una explotación de los recursos sostenible con el medio ambiente y beneficiosa para las personas.

Penguin
Random House
Grupo Editorial

La primera que camina

Primera edición: octubre, 2024

D. R. © 2024, Ana Francis López Bayghen Patiño

D. R. © 2024, derechos de edición mundiales en lengua castellana:
Penguin Random House Grupo Editorial, S. A. de C. V.
Blvd. Miguel de Cervantes Saavedra núm. 301, 1er piso,
colonia Granada, alcaldía Miguel Hidalgo, C. P. 11520,
Ciudad de México

penguinlibros.com

ISBN: 978-607-385-105-3

Impreso en México – *Printed in Mexico*

Para Shoshana, PSI

Nunca pensamos mirar a Yahvé invadido
por el misterio y la incertidumbre de
esperar a la primera que camina, a la
primera que no se detendrá nunca.

Humanidad entera, prestad atención, que esta es la historia más grande jamás contada.

Dios

I GÉNESIS

1 Yahvé

Lavaréis vuestros pies.

Guiaréis vuestros pasos limpios por donde la voluntad os mande. Vuestra voluntad será respetada porque esa es mi palabra, y mi palabra es el todo, lo primero y lo último.

Lavaréis vuestros pies tres veces.

La primera haréis una reverencia a mi nombre porque mi nombre es el antes del todo. Es el principio y el fin.

En la segunda veneraréis el nombre de mi hijo, aunque no haya sido concebido. Porque mi hijo es el hijo del todo, carne de mi carne, sangre de mi sangre.

La tercera vez enjugaréis los pasos limpios de vuestra persona en lágrimas vertidas por vuestros ojos, los de nadie más. Verteréis lágrimas sobre ellos y de este modo veneraréis los pasos que se anduvieron antes de los vuestros y los que fueron antes de esos, y es en nombre de esos pasos y pies que os unjo en bendiciones y cierro los ojos para no veros hacer vuestra voluntad. Lo permito, pero no lo miro. Porque no sé permitirlo y mirarlo al mismo tiempo y estoy viejo para aprender.

Lavaréis vuestros pies tres veces, y después de honrar y venerar lo que os mando, verteréis vuestras lágrimas para surcar la humedad que os permita caminar en el desierto.

Andaréis tres años sin los ojos de Dios, sin mis ojos mirándoos y elevaréis tres veces al cielo la oración al padre creador. Oraréis por mí y para mí porque así lo he mandado, pero no he de responderos porque no comprendo vuestra libertad y me duele.

Soy Dios y detesto que me duelas. Pero sois libre porque soy Dios y soy grande y os concedo que seáis libre.

Las palabras que escucháis son las mías. Soy vida, soy espíritu. Estoy viejo, pero aún soy el principio y el fin, el antes y el después, el cielo y la tierra, el paraíso y el infierno.

Cierro los ojos. Sois libre.

***

Luz Verdadera, ilumíname. Luz Verdadera que iluminas a todo hombre que viene a esta tierra, no te desprendas de mi alma. Sé la guía de mi camino. Si la muerte es el destino, he de llegar a ella sin un reclamo. Si la muerte es el encuentro contigo, luz omnipresente, bienvenida sea, la bendigo.

Busco la luz. Para eso camino. Para eso tengo el permiso de Dios. Yo, la que aún no es madre de su hijo, la primera de todas, la señalada, la elegida.

Padre nuestro que estás en los cielos, santificados sean tus pies porque el camino han hecho. Bendito el camino que mis propios pies han de recorrer. No sé si voy detrás de tus pasos o son justo tus pasos los que señalan el camino que no he de andar.

No me has de guiar Tú, me guiará el camino, porque al caminar el mundo caminaré mi espíritu y encontraré la respuesta que estoy buscando.

Escucho tu palabra, Señor, pero sigo mis pasos. Lavo mis pies y sigo mis pasos.

Camino.

Tres veces, trescientas, por una trinidad de caminos o trescientos. Los que sean necesarios.

Camino. Dios no me bendice, pero ¡que Dios me bendiga!

2 Gabriel

Alégrate, llena de gracia; el Señor es contigo. No temas, María, porque has hallado gracia delante de Dios y concebirás en tu seno y darás a luz un hijo, a quien pondrás por nombre Jesús. Él será grande y llamado Hijo del Altísimo, y le dará el Señor Dios el trono de David, su padre, y reinará en la casa de Jacob por los siglos de los siglos y su reino no tendrá fin.

Díjele a María por centésima vez y por centésima vez ella respondió lo mismo:

—No. No soy la esclava del Señor.

Dios Todopoderoso. El mensaje ha sido dicho como Tú lo has mandado, de la manera en que me fue comunicado. Hice lo que tu voz me ordenó que hiciera.

Después de la primera negativa, regresé cobijando la benevolencia con mis alas.

Es palabra de mujer, pensé. Es conocido, Señor, porque así me has dejado conocer, que es la mujer como la tierra, que cambia sus temperaturas conforme pasan los días y los ciclos y los años. Sabiendo entonces de los cambios propios de los climas de las palabras, presenté mi entidad con devoción ante su puerta una y otra vez hasta contar cien.

Y cierto es que los días se cambiaron por las noches, los calores por el frío invernal. Fui testigo de cómo las pieles de los hombres se secaron y se abrieron ante la ausencia del fuego celeste que todo lo ilumina. Miré desde la altura que entronan mis alas cómo hubo frutos que dejaron de crecer dando paso a la infertilidad de los árboles. Observé tu milagro, Señor, el milagro de la permanencia del cambio, de la tierra que has creado y agradecí por tal privilegio. Fue así que convencido estuve de que la respuesta de María era tan solo el botón de una flor que mis ojos de siervo no lograban vislumbrar, pero que tu voluntad habría de florecer y no tendría por qué dudar. Y esperé, entonces, que la palabra de María se entregara a la primavera de tu mandato. Pero su respuesta fue la misma:

—No. No soy la esclava del Señor.

¡Ten piedad de mí, oh Gran Creador!, pues la respuesta de María no cambió. No lo conseguí con súplicas, ni provocando la ternura y la piedad propias de la futura madre del Hijo de Dios. No lo conseguí con las promesas de la vida eterna ni la salvación. Y cuando vieron mis ojos que su palabra era lo único que en este mundo no cambiaba, le conté de cómo la desobediencia a tu voluntad había desatado plagas y catástrofes de todo tipo. Le hablé de tu ira y de las veces que el arrepentimiento había llegado tarde a aquellos que se habían atrevido a desafiarte. Le relaté con detalle, Señor, del llanto de ébano de aquel rey de Egipto al tener a su primogénito muerto en brazos y de cómo sus amargas lágrimas no le trajeron de vuelta la vida de su hijo, ni la de sus tierras, ni su fe.

Pero su respuesta se repitió, como se repiten los rezos en tu templo:

—No. No soy la esclava del Señor.

Y estas palabras, con los días, se fueron convirtiendo en espinas horadando mi entendimiento. Perdóname, Señor, pero el odio se apoderó del corazón de este ángel y a punto estuve de llevar hasta su casa el fétido aliento de la putrefacción del mundo, ese que nos mandaste guardar para el día del Juicio Final. A punto estuve de encarnarme en un vellocino endemoniado y romper su cuerpo en dos, hasta sacarle de en medio del corazón la respuesta que Tú me habías enviado a buscar. A punto estuve de convertir mi voz en un torrente de maldiciones en tu nombre.

Pero ella descubrió mis intenciones con una facilidad inesperada, así como las bestias con el olfato reconocen el humor de su presa, aunque no la vean. Y con la dulzura de su sonrisa franca y su mirada cierta deshizo toda génesis de furia en mí. Su sonrisa encarna el amor absoluto y eso me desarmó, Señor.

Sucumbí ante ella, mi Señor, no me dejó otro remedio. Mendigué entonces por la salvación de mi alma y le hablé del infierno y del temor que siento de volver a él. Y no es que dude —por ningún momento lo pienses, Presencia Universal—, no es que dude de tu misericordia infinita. No lo dudo como no dudarán los hombres una vez que haya nacido tu hijo y sea llevada tu voz a los confines del mundo. No dudo porque soy tu siervo, en estos tiempos y en los futuros, en el antes y en el después, porque Tú eres el antes y el después y de eso no duda un ángel. Pero nunca conocí tal templanza en una mirada, Señor. Su respuesta, repetida cien veces martillando mi entendimiento, no tuvo debilidad. Cada que pronunciaba su voluntad, mis huesos se pulverizaban y la arena que formaba mi esqueleto apenas podía sostenerme las alas.

Así hizo una y otra vez: me miró, habló como quien le narra al mundo tus mandamientos desde la montaña y se dio la vuelta sin mirar atrás.

Fue hasta el centésimo día y ante la tristeza de mis ojos, que al terminar de dar su respuesta de la misma manera que los días anteriores, me atravesó con la mirada y besó mi frente y párpados como poniendo punto final a la conversación.

Y así ocurrió que, con esta acción, oh Gran Poder, insufló en mi alma un aliento divino hecho de la misma materia con la que avivaste a aquella primera criatura que del polvo hiciste a tu imagen y semejanza.

No lo comprendo, Señor. Sé, porque así me ha sido permitido saber, que Tú, y solo Tú, ostentas el poder de dar la vida. Sé, porque así me lo has hecho saber, que tu mandato es más grande porque eres Tú lo más grande. Por ello el desconcierto se apoderó de mí y es así, con las alas caídas por haber fracasado en la santa misión, que vengo hasta ti para hablarte primero y tratar de explicar, con las palabras que me fueron dadas por tu bondad, lo inexplicable.

Perdóname, Señor. Tú sabes que yo te he sido fiel. Que al mandato de tu dedo magnánimo el ejército a mi cargo ordenó el caos en el que la tierra estaba y que no bastó más que tu voz para que hiciéramos aparecer el día y la noche y todo lo que tu voz ordenó que se le diera existencia. No comprende tu siervo absoluto cómo es que tu solo mandato no ha logrado quebrar la voluntad de ella. No es el diablo, Señor, puesto que testigo soy de cómo es la oscuridad y no hay en ella viso alguno de tu eterno enemigo. Ella, la que ya no puedo nombrar, no es el diablo.

¿Quién es ella?, me pregunté. Y no es que tentado haya estado de saber más de lo que me ha sido permitido saber. Los ángeles sabemos cuáles frutos podemos comer y cuáles no. No me pregunté buscando una respuesta que no tuviera otra intención que la de servirte. Es por ello, Dios Padre del Dios Hijo, que está en sus manos engendrar, que me atrevo a decirte, hasta donde me alcanza el entendimiento de lo divino, que su naturaleza es lo más parecido a ti que mis ojos hayan observado.

Si es ella tu hija, ¿para qué quieres que dé a luz a tu hijo?

Si no es ella tu hija, ¿por qué su voluntad tiene el poder de contradecirte a ti, que eres Lo Único, Lo Indivisible, Lo Sagrado?

No levantes tu espada, Gran Dios. No pregunto más. Solo puedo decirte que, al despedirme de ella para venir de inmediato y postrarme de rodillas ante ti, lo supe por fin. Me lo dejó saber para que así te lo hiciera yo saber.

María no aceptó tu voluntad, Señor, porque María nació sabiendo lo que nadie más sabe y contra eso no hay nada que hacer.

3 El-Shaddai

Yo soy yo. No puedo ser otra cosa porque no hay más allá y el todo está contenido en mí, incluso vos. Pero no queréis respetar mi voluntad a pesar de ser alma de mi alma, río de mis ríos.

¿Quién sois vos?

Yo os hice. Esperé 143 generaciones para que nacierais y en cada una de ellas, en cada uno de los nacimientos que preceden al vuestro, coloqué rumores de simiente. La semilla de mi hijo ha estado en vuestras ancestras por siglos. Ha sido germinada y reinventada hasta el cansancio, hasta estar lista. Por la semilla que hará nacer a mi hijo fuisteis nacida, por eso debéis parirlo.

No. No os engañéis. No todos son hijos de Dios. Esa es una mentira que se repetirá eternamente.

Vos lo sois. Él también lo será. No podéis matar mi semilla. No ha estado ahí 143 generaciones como para que la matéis.

Esto que escucháis es mi voz, mi voluntad. Y así permaneceré en vuestros sueños hasta que comprendáis. Hasta que mi voz sea vuestra voluntad.

***

No soy la esclava del Señor. Padre Nuestro que estás…, ¿eres Tú el que me habla? ¿Cómo saber, oh Señor, si eres Tú esa voz? No logro escuchar nada más. La cabeza me da vueltas. José, es como si no pudiera oír otra cosa que esa voz. No, no es la voz del demonio. No me preguntes por qué lo sé, solo es así y no es de otro modo. José, ¿qué dices? No te entiendo. No escucho nada más que su voz. No. No es tortura, amado mío. No puede ser tortura si es la voz de Él. Pero no puedo hacer otra cosa más que escucharlo. Sé cómo hacer que se calle, si le digo que sí, se hará el silencio, pero la otra voz, la que me dice que diga que no, es más fuerte que la voz del Señor. ¿Qué?, ¿que de dónde es esa otra voz? De mí, José. De mis profundidades. La reconozco, pero no la conozco. No la quiero impedir.

***

¿Cómo resistís?
    No reconozco vuestra voluntad. No la inventé.
    No importa. Soy el dueño del tiempo.
    Puedo esperar.
    Mi simiente está en vuestra carne.
    Terminarás obedeciendo.
    Mi voz manda. Seduce.
    Todas terminaron obedeciendo. Ciento cuarenta y tres antes que tú. Y así será, por los siglos de los siglos.

***

José. Mi amado José. Ahora que no escucho nada más que su voz te observo como si fuera la primera vez. Eres hermoso. Te miro como quien mira sin pudor y no puedo evitarlo. Tus brazos son fuertes, añejados por el trabajo rudo, pero aún fuertes. Tu carne color tierra me reclama la mirada y tú me hablas, y me hablas porque no pierdes la esperanza de que pueda volver a escucharte. No es que no escuche nada, es que solo escucho su voz.

Me hablas con la dulzura de un padre. Ha sido así desde que me hiciste tu esposa. Y así te había respondido yo. Pero hoy no, y no sé si es porque tengo todo mi espíritu puesto en los ojos o porque mis oídos están llenos de una voz que me hace más grande. José, no me escuchas, pero necesito que leas en mi mirada que ya no te miro como a un padre. Te estoy mirando distinto y eso me hace poderosa.

Escucha mi voz, José. Escúchala dentro de ti porque te estoy hablando con un deseo que no había conocido. Mira mis hombros. Los desnudo para ti.

Siento esa mirada en ti. Te callas. Me observas. Me deseas. Por fin me deseas, amado esposo. Mira ahora mis pechos. Los toco para ti. Juego con ellos para invitarte a que hagas lo propio. Mira mis labios cómo están más gruesos. Sí, José. Yo también te deseo. Lo siento en mi vientre y esa voz que escucho me hace más fuerte.

Te tomo, José. Te tomo lentamente para mí y para ti. Encuentras en mis ojos el encanto. Te acaricio y te llevo al lecho suave. Hago que me acaricies. Sientes vergüenza por la rudeza de tus dedos, pero yo los vuelvo suaves a besos. La voz no me dice que me detenga, al contrario. No la comprendo, solo sé que continuar es honrarla, no contradecirla.

Piérdete en mí, amado hombre. Deja que te abrace con el vientre.

¡Esa voz!

Tú, yo y esa voz que no me deja ni a sol ni a sombra. Me hace más fuerte. Me dice que es mi semilla la que ha de parir la esperanza. Es mi semilla, José. Es mi poder. No soy su esclava.

Soy tu mujer. Eres mi hombre.

Y con tu nombre agolpado en mi boca, me diluyo. Dirigiendo tus manos me diluyo y me enaltezco una y mil veces. No sé qué es lo que estoy sintiendo, pero lo sé porque lo sabemos todas las mujeres. Lo sabemos, aunque nunca nadie nos lo haya revelado. Envolviéndote en mis piernas, te recorro con las manos, con los ojos. Desdoblo mi piel y te cubro con mi santo manto. Tus ojos, José. Tu mirada desorbitada me alimenta. Más. Quiero más.

***

No recibirás su semilla.

Vuela todo lo que quieras, pero no recibirás su semilla. No esta vez ni nunca antes que la mía.

No me estorban vuestros vuelos, no me estorba vuestro calor. Os bendigo, mensajera de mi simiente. Solo permitid que mi descendencia se haga en vos y a cambio seré tu protector, por los siglos de los siglos.

Escuchad mi voz y haced mi voluntad porque mi voluntad solo es una. Pariréis a mi hijo y con eso mi mensaje será transmitido.

Volad. Vuestro deseo no me estorba, ¿no lo entendéis? Solo necesito que recibáis mi semilla.

***

No. No la recibo. Ni la tuya, ni la de José. Ni la de nadie. No aún. Primero necesito entender. Nací sabiendo, pero necesito entender.

José, mi amado esposo, descansas exhausto sin descubrir que tu semilla no está en mí. Las mujeres sabemos cómo hacer eso.

Descansas exhausto con el latido de mi corazón haciendo de tu almohada. Duermes como niño la siesta del bendito. Porque eres bendito, eres un buen hombre. Mis latidos son tu respiración. Así han sido. Así serán. Si pudieras entender, José, la profundidad de estas estrellas que cobijan mi firmamento. Si pudieras comprender la dimensión de este cuerpo que has poseído. Hay almas con dimensión milenaria. No la tuya. La tuya es un alma buena y simple. Un alma de este tiempo y para este tiempo.

Sabes que me iré. Cuando dos personas como tú y como yo comparten el lecho y la vida, saben leerse entre líneas y sabes que me iré. Lo miré en tus ojos antes de que cayeras en este sueño profundo. Lo miré y lo descubrí entonces. Lo que tengo que hacer es irme. Ese es mi precio.

No necesito un ángel de intermediario, Señor. Te necesito a ti.

4 José

Me lo has explicado muchas veces, pero no lo comprendo. Eres mi niña. Mi pequeña esposa. Fuiste la bendición de tu madre y así me lo hizo saber en nuestras bodas. Te llevas mi milagro, me dijo. Y desde la primera mañana en tus brazos supe que tu espíritu era mucho más de lo que yo podría comprender.

Amada mía, María de todos mis amaneceres, sé mi esposa según la práctica de Moisés e Israel, y yo te cuidaré, te honraré, te apoyaré y te mantendré de acuerdo con la costumbre de los esposos que cuidan, honran, apoyan y mantienen a sus esposas fielmente. Así te lo hice saber y así me lo prometí a mí mismo, pero has sido tú la que me ha cuidado con esa alegría constante. La que quitó de mi rostro el gesto adusto del peso de los años y lo cambió por la sonrisa cada vez más presente. Has sido tú la que me ha honrado, haciendo que mi cuerpo olvide su vejez y sirva para algo más que expulsar semilla sin dulzura. Has sido tú la que has apoyado esta alma frágil, sosteniendo mi mano con firmeza cada vez que he tenido que aparentar ser fuerte. Has sido tú quien me ha mantenido fielmente dejándome usar tus ojos para imaginar otras formas de la madera que jamás habría concebido.

Ahora que te vas, ¿volverá a mí la pesadez, la sequedad, el llanto sin razón, la parquedad de imaginación?

Me dices que mi corazón no es más la casa de la tristeza porque te tengo ahí dentro tocando el tambor de mis latidos. «Señor mío», me nombras. No quitaré la risa de mi corazón porque tú eres mi risa. A eso viniste a este mundo y no dejarás de serlo ni siquiera por orden de Dios. Esa es mi palabra como tu esposo y la he de cumplir.

Me dices que la dulzura es ya mi segunda piel y las maderas me obedecerán y este pueblo no dejará de nombrarme el «Acariciador de Árboles», porque en los sueños seguirás susurrándome las formas que ves para que yo las talle.

Sé que no mueres, esposa amada. Te vas porque tienes que irte, pero has de volver y por eso necesito estar aquí, para que no olvides el camino de regreso. Sé que no puedo morirme, aunque no tenga manera de imaginar cómo voy a vivir sin ti.

Te doy la dádiva que me fue entregada el día de nuestra boda, para que en tu viaje no pases penurias. Me dices que Él se ocupará de que nada te falte y puedas recorrer tu camino de tres años sin peligro. Que guarde las cien monedas de plata, porque las hemos de necesitar a tu regreso. Mientras tanto, para no llorar, debo ocupar mis días haciendo un lecho para nuestra unión y muebles nuevos para nuestra casa. Bártulos nuevos que dejen atrás los que llegaron con tu dote. Esta no será más la casa de tus raíces o las mías.

Es mi tarea preparar la casa fresca: la del Hijo de Dios o la de aquella primera criatura que le dijo que no a Dios.

Caminarás tres años por donde tus pies y tu voluntad te conduzcan. Al término de ese tiempo le darás respuesta al Todopoderoso. Si decides convertirte en el vientre de su simiente, llena serás de gracia. Si decirle que no es tu voluntad, es palabra de Él que no serás castigada por eso y dedicarás tus días a cuidar a nuestros hijos y los hijos de nuestros hijos. Esa es la palabra que el Más Grande y tú han acordado. Eso me has dicho y esa es mi verdad. Amén.

No me pregunto para qué necesitas caminar tres años. No me lo pregunto porque supe, desde que me tomaste en tu lecho, que María no es sierva de nadie. Nunca una mujer había tomado a un hombre como me tomaste a mí. Me hiciste entrar en tu cuerpo para meterte en mi alma. Entraste en mí y me supe tu esposo. Entré en ti y te supiste mi esposa. Nunca dos se amaron tanto como José y María.

Entiendo que, si quieres caminar, no hay esposo o Dios que te lo pueda impedir. Te ruego, te imploro y de rodillas te pido que no permitas que la maldad del mundo te convierta el corazón en estatua de sal. No tengo nada que ofrecer a Dios más que mi devoción absoluta a la mujer que ha elegido para ser la madre de su hijo, y eso le ofrezco para que te cuide.

María, mi bien amada, esperaré tu regreso tallando la madera de mi paciencia para que cuando vuelvas me abrace a ti y me cuentes de qué está hecho el mundo.

—Como Penélope —me dices.

—¿Quién es ella? —te pregunto.

—Una mujer que tejió su paciencia mientras esperaba.

—¿La conoces?

—No la conozco, pero sé su historia.

—¿Quién te ha contado su historia? ¿Dónde la escuchaste?

—No lo sé.

No lo sabes, como tantas cosas que no sabes por qué, pero las sabes. Como cuando me explicas la ley de Dios que no has leído. Como cuando nombras a los astros con palabras que nunca hemos escuchado, como tantas y tantas cosas que no sabemos por qué sabes, pero las sabes.

Así, amada mía, así como Penélope, te esperaré tejiendo las maderas con la suave esperanza de tu retorno.

No me digas adiós. No creo soportarlo. Conóceme en este lecho una última vez, que el cansancio de nuestro deseo me hará dormir profundo para no mirar tu partida.

Que Dios te bendiga.

5 Hannah

¿Son mis pasos o es mi corazón lo que suena? A mis espaldas está la casa de José y María. Digo mi nombre y suena distinto. ¡María!

Ya no soy María, esposa de José. María de Nazaret. María, la hija de Israel. María, la protegida de Dios.

La tierra bajo mis pies corre con velocidad.

Tierra. Piedras. Pies.

Tierra, piedras. Pies.

Tierra, piedras, pies.

Madre, ¿dónde estás? Dios me dice que no tengo que preocuparme por nada, que este es su Reino y en su Reino estoy a salvo. Que si esto es lo que me hará querer parir a su hijo, que así sea. Esto quiero, madre, pero tengo miedo. Por eso corro.

Tierra.

Piedras.

Pies.

Madre, ¿por qué me has abandonado? Dios dice que soy libre de recorrer el mundo como es mi deseo. ¿Qué dices tú?

¿Cómo es la noche sin techo? ¿Cómo el desierto sin pueblo? ¿Cuál camino debo tomar?

Madre, tus palabras acompañan mis apresurados pasos. Soy la única y soy todas. Todas las hijas que deseaste y la única que nació. La primera que recorre el mundo a solas.

—*¿Qué estáis buscando?*

—*No lo sé, Señor.*

—*¿Cómo sabéis que no lo vais a encontrar pariendo a mi hijo?*

—*Porque ni siquiera para Dios fue suficiente parir a Adán y a Eva. Dios quiso inventar un mundo entero.*

—*¿Os estáis comparando conmigo?*

—*Solo a tu imagen. Solo a tu semejanza.*

—*¿Por qué estáis tan segura de que no abriré la tierra en estos momentos y os condenaré para siempre con los ángeles caídos?*

—*Porque soy tu simiente más perfecta.*

—*No hay nada en el mundo que no vayáis a encontrar en los ojos de mi hijo.*

—*Pero los ojos de nuestro hijo van a cerrarse antes de tiempo. Necesito llenarme la mirada de otros mundos para cuando eso ocurra.*

—*¿Entonces lo haréis? ¿Engendraréis al Hijo de Dios?*

—*No lo sé.*

—*Podría empezar todo de nuevo. Podría hacerme de un nuevo caos y crear todo de nuevo. Incluso podría prevenir a Eva. O podría hacer solo a Adán y que no existiera Eva y no existieras vos. ¿Entendéis que puedo hacer lo que yo quiera?*

—*¿Y por qué no puedes doblegar mi voluntad?*

—*No lo he intentado.*

—¿Por qué?

—Porque así está escrito y lo que está escrito es mi palabra y mi palabra es la verdad. Vuestra voluntad será parir al Hijo de Dios.

—¿Y si tu palabra está equivocada?

—Mi palabra no está equivocada.

—Pero ¿y si tu palabra está equivocada?

—Si mi palabra está equivocada entonces hay que ir hacia atrás y desnacer y desmorir y descrecer y descrear el paraíso, y al hombre y a la mujer y a los seres vivientes sobre la tierra y a los que pululan por las aguas y por los aires, y a las aguas, la tierra y el aire mismo, y volver a la oscuridad y al desorden y a lo que hubo antes de eso, y resignarse a que la verdad es imposible y dejar de ser voluntad para convertirme en la nada y lo que hubo antes que la nada y antes de mí mismo.

—¿Qué hubo antes de la nada?

—No lo sé.

—¿Y cómo sabes que eres Dios y no un demonio caprichoso que juega a ser Dios? ¿Cómo sabes que lo creado no es más que una trampa para que nos envuelva la tristeza? ¿Cómo sabes que no vivimos en una torre de mentiras, una Babel insostenible? ¿Cómo sabes que soy yo la mejor simiente para tu semilla y no, justo, la criatura que lo va a podrir todo? ¿Cómo estás tan seguro de que no debiste de expulsarte a ti mismo del paraíso?

—No sé cómo lo sé. Solo sé que lo sé. De la misma manera que vos sabéis todo eso que nadie os ha enseñado y que me preguntáis sin miedo.

—Entonces puedes entender que yo sepa que necesito caminar el mundo.

—*Sí.*

—*Y que no me doblegue a tu voluntad.*

—*Sí.*

—*Porque como Tú, lo sé. Aunque no sepa por qué.*

—*Otra vez, ¿os estáis comparando conmigo?*

—*Tengo que mirarte de frente. Camina conmigo. Mira el mundo a través de mis ojos. Inventa todo de nuevo a partir de mis pasos. Vive el diluvio desde mis lágrimas. Habla a través de mi boca y combina tu sabiduría con mis palabras. Sé mi acompañante y fúndete conmigo, Señor, el de los miles de nombres, el de los miles de años, el Todopoderoso, el que nos cuenta lo que hay desde que dejamos de ser nada. Mézclate conmigo, con mi sangre, con mis huesos. Sé María y déjame ser Yahvé.*

Esas fueron, madre, mis últimas palabras. Después no lo escuché más.

¿Aceptará?, ¿vivirá Él a través de mí este viaje? ¿Se convertirá en ese aire divino que mueva mi respiración? ¿Será la voz que acompañe mis pensamientos? ¿Dónde estás, madre? ¿Por qué me has abandonado? ¿Por qué puedo hablar con Dios y no contigo? ¿Por qué Dios no muere y tú sí?

Es larga la noche.

Es profunda la oscuridad.

Esta noche no tiene luna. No hay Dios. No hay estrellas. La oscuridad, mis pensamientos, tu recuerdo y yo.

El viento, madre, habla millones de idiomas. Los entiendo todos. Este desierto es el centro del mundo, y los senderos que se abren desde aquí son los caminos de luz de una estrella que solo yo puedo ver. Estoy en el centro del mundo. Soy el centro del mundo. La noche es negra, pero siento los caminos. Puedo caminar el que yo quiera.

¿Cómo elegir?

¡Madre!, ¿estás aquí? ¿Eres tú también parte de mi voz, de mis palabras, de mis preguntas, de mi hambre del mundo? ¿Soy yo tu continuación?

Dios no me habla más.

¡Madre!, ¿por qué me has abandonado dejándome sola con Dios y su silencio? Es un Dios que no sabe amamantar, al que se le mueren los hijos en las hambrunas y las plagas, que nos expulsa del paraíso, que quiere que mi semilla acabe en una cruz. ¡Es un Dios que no sabe nada de cuidar a sus hijos!, ¿para qué quiere tener más?

¿Cuántas horas tiene la noche?

Juro por el amor que le tengo a José, mi tejedor de raíces, que no hubo antes una noche más larga. ¿Me habré equivocado? ¿Habré ofendido a Dios? Lo amo por sobre todas las cosas, pero tengo preguntas. ¡Madre!, ¿por qué tengo preguntas además de huesos?, ¿por qué tengo dudas además de ojos?, ¿por qué no puedo creer ciegamente? No quiero el enojo ni el abandono de Dios. No quiero el abandono…

¿Cuántos días tiene la noche?

Siento la tierra.

Escucho las piedras.

Tengo fríos los pies.

¿Habrá dejado instalada la oscuridad y se habrá mudado de universo?

¡Madre!, ¿será que Dios me ha abandonado?, ¿será que nos abandonó y volvió la oscuridad a su sitio para que empecemos de nuevo?

¿Cuántas semanas tiene la noche?

Se han ido el sonido y los olores. ¿Será que estoy parada en la oscuridad primigenia? ¿Tendré entonces que crear en siete días todas las cosas y las plantas y las bestias y a los hombres y a las serpientes? ¿Soy entonces la encargada de ordenar este caos?

No siento la tierra.

No existen las piedras.

¡Qué importa si tengo pies!

Madre, ¿será que Dios se sintió así en el principio?

Antes de Dios no estuvo la nada. Antes de Dios estuvo la Madre de Dios, así como antes de mí estuviste tú. Probablemente la Madre de Dios tampoco le habló, es por eso que Él la olvidó y no queda registro de su existencia en el libro de la sabiduría. Probablemente, Dios era un bebé abandonado en la oscuridad y por eso no recuerda a su Madre, porque no recordamos a las madres que se mueren cuando somos bebés. ¿Morirá Dios como murió su Madre?

No sé si tengo los ojos abiertos o cerrados. Apenas siento el cuerpo. La oscuridad se está metiendo en mis sueños y no me deja dormir. ¡Qué larga noche sin tu voz, madre! ¡Qué larga es la ausencia de Dios!

Me quedo quieta. En el principio no fue el caos, fue el silencio.

Silencio.

Silencio.

Silencio.

Este es mi principio. Mi oscuridad. Mi caos.

¡Hágase la luz!

6 Caín o Abel

—A diez, a veinte, a treinta, a cuarenta.

—¡No! ¡A cuarenta no!, ¡a cuarenta son muy caras!

—Por eso tenemos a diez, a veinte y a treinta. Quien no pueda pagar cuarenta, pagará treinta o veinte o diez.

—Es mejor si no pagan nada.

—No seas estúpido. No se puede no pagar nada. Todos tienen que pagar algo. Así lo dijo padre.

—Lo dijo abuelo.

—Lo dijo padre.

—Lo dijo abuelo.

—Lo dijo padre.

—Lo dijo abuelo, pero se lo dijo a padre y por eso no lo escuchaste, porque no escuchabas nada.

—Siempre escucho. Tengo las orejas más grandes que tú, así que escucho más que tú y que padre y que abuelo.

—No importa lo mucho que escuches porque no entiendes. Eres idiota. Tus orejas son grandes porque tu cabeza es grande porque eres idiota. Ya te lo he explicado millones de veces, la cabeza más grande significa que eres más idiota.

—Más inteligente.

—Más idiota.

—Más inteligente.

—¡Más idiota!, ¡tan idiota que no entiendes que eres idiota y crees que eres inteligente!

—Tus palabras son mentiras, y son más mentiras porque tu boca es más grande, lo que quiere decir que es más mentirosa.

—No tengo la boca grande.

—Sí la tienes.

—No la tengo.

—Sí la tienes.

—No la tengo.

—¿Entonces por qué cuando muerdes eres capaz de arrancar un brazo de cordero?

—Porque tengo la quijada grande. Tan grande como la de un burro, poderosa y guerrera, gracias a la cual te he defendido.

—Tú matas por gusto.

—Por defenderte.

—Por gusto.

—Por defenderte.

—Por gusto.

—Porque me gusta defenderte.

—Cuando matas mujeres no me estás defendiendo.

—Por supuesto que sí. ¿Qué no ves que si no lo hago, vas a acabar asfixiado con manzanas?

—¿Con manzanas?

—Sí. Las mujeres matan con manzanas. Si están muy duras te las avientan como pecados. Si están podridas te hacen tragarlas con gusanos para que te coman por dentro. Y si están en su punto, te vuelven loco con las serpientes que sacan por los ojos.

—¿Las mujeres sacan serpientes por los ojos?

—Por supuesto. Son serpientes que te incendian el cuerpo y hacen que te vuelvas demonio y te las quieras tragar. Yo por eso me las trago y guardo sus huesos.

—¿A las serpientes?

—No. A las mujeres.

—¡Aléjate de mí! Si te las tragas, entonces te tragas sus demonios y estás endemoniado.

—¡No seas estúpido! Las mujeres no son demonios, hacen que te vuelvas demonio.

—No me gusta que me pegues. Me lastimas con tus huesos.

—No son huesos, son esculturas.

—Son huesos.

—Esculturas.

—Huesos.

—¡Esculturas!

—¡Está bien! Esculturas, pero ya no me pegues… ¿Esta qué es?

—Esta se llama *La puerta del templo*. La vamos a vender en cuarenta.

—¿Y el templo?

—¿Qué pasa con el templo?

—¿Dónde está?

—Detrás de la puerta.

—No lo veo.

—Por supuesto que no lo ves, estúpido, lo que estamos vendiendo es la puerta del templo, no el templo. No tenemos tantos huesos como para hacer un templo, solo para esta pequeña puerta.

—Entonces hay que conseguir más huesos.

—No es tan fácil.

—¿Por qué?

—Porque no queremos que nos vuelvan a expulsar del paraíso.

—¿Cuál paraíso? Tú y yo vivimos en los caminos.

—Pero algún día nos van a volver a dejar entrar.

—No recuerdo el paraíso.

—Porque eres idiota.

—Más idiota tú, que recuerdas un paraíso que no existe.

—Ahora sí te voy a romper la quijada.

—¡Espera!, guarda silencio. ¿Escuchas?

—¿Qué es?

—Es una respiración suave. Es un sueño profundo que se escucha. El viento nos lo trae a las orejas.

—Cierto. Y huele a naranjas. Es una respiración suave que huele a naranjas. Eso solo puede ser una mujer. Prepárate para defendernos.

—Está detrás de aquel olivo.

—Tú te acercas por la izquierda y yo por la derecha.

—Perfecto. ¿Cuál es la izquierda?

—La de la pierna que tienes más corta, ¡estúpido!

—Esa es la derecha.

—Izquierda.

—Derecha.

—¡Izquierda!

—¡A mí es al que me duele! ¡Yo sé cuál es!

—Bueno, pues entonces, tú te acercas por el lado de la pierna que te duele y yo me acerco del lado de la pierna que no te duele, ¿de acuerdo?

—Las dos me duelen.

—Te voy a matar…

—… pero la de este lado me duele más. No te exasperes.

—No digas palabras complicadas

—¿«Exasperes» es una palabra complicada?

—Sí.

—¿Por qué?

—Porque no la puedo decir y aquí el idiota eres tú.

—Está bien.

—Bueno, ¿entonces? ¿Me entendiste?

—Sí. Yo me voy por donde me duele más y tú por donde me duele menos.

—Espera, ¿ya la viste bien? Es una mujer, pero no la podemos matar.

—¿Por qué no? Debe tener hermosos huesos. De esos que podríamos vender hasta en cincuenta. Si tiene los huesos como la piel, seremos ricos.

—No la puedo matar.

—¿Por qué no? ¿No tiene serpientes?

—Sí tiene. Todas tienen. Pero mira la marca en la frente, ¿la ves?

—Es la marca.

—Es la marca.

—¿Qué significa esa marca?

—Que no la podemos matar.

—¿Por qué?

—No lo sé.

—¿Lo ves? Tú también eres estúpido y no sabes cosas.

—¡Cállate! La vas a despertar.

—¿Y entonces? Si no la podemos matar, ¿qué hacemos con ella?

—La miramos dormir.

—¿Cuánto tiempo?

—Hasta que se acabe su noche.

—¿Cuánto tiempo dura su noche?

—Cuarenta días.

—¿Cómo lo sabes?

—Porque la mujer que tenga la marca ha de cruzar la noche de los cuarenta días sin la mirada del Creador y si logra despertar, romperá la maldición de los que siempre se asesinan.

—¿Quiénes son esos?

—Un tal Caín y un tal Abel.

—Nosotros nos llamamos Caín y Abel.

—No. Nosotros somos Abel y Caín.

—Tú eres Caín.

—No. Tú eres Caín.

—No. Yo soy Abel.

—Yo soy Abel.

—Me duele la cabeza cuando me confundes así.

—No. Te duele la cabeza porque cargas esa gran quijada.

—No. La quijada grande la tienes tú. La cabeza grande la tengo yo.

—La cabeza y los brazos fuertes los tengo yo. De tanto estar cargando tus huesos.

—Mientes. ¡Los huesos los cargo yo! A ellas las matas tú, pero los huesos los cargo yo.

—Te equivocas. Yo nunca he matado a nadie. No quiero que me expulsen del paraíso.

—¿Cuál paraíso? Tú y yo habitamos los caminos. No hay paraísos.

—Yo tengo un hermano que habitó ese paraíso. Lo recuerda bien. Por eso sé que existe.

—Tú no tienes otro hermano que no sea yo, y yo no recuerdo nada.

—Por supuesto que sí, yo tengo un hermano que tiene el lenguaje de los reyes.

—¿Es rey?

—Iba a serlo, pero murió.

—¿De qué?

—No lo recuerdo. Solo me duele la quijada cuando lo nombro.

—Yo tampoco lo recuerdo, pero a veces siento que tengo la vocación de rey, ¿usted qué opina?

—Disculpe señor, pero yo a usted no lo conozco.

—Vaya grosería de mi parte. Me presento. Me llamo Caín, ¿y usted?

—Abel, Abel el idiota, para servirle.

—No me sirve de nada, pero me están dando unas irrefrenables ganas de matarlo. ¡Qué extraño!

—No es extraño, si toma usted en cuenta que soy mujer.

—¿Es usted mujer?

—A veces creo que sí.

—Caramba. Pues me están dando más ganas de matarla.

—Le suplico que no lo haga, en este momento dejo de dudar y me convierto en hombre. Y si gusta puedo ser su hermano.

—Me encanta la idea. Podemos también ser socios. Yo vendo huesos, ¿sabe usted?

—Pensé que eran esculturas.

—¡Me halaga! Son apenas unas figuras mal talladas. Yo no soy artista. Pero tuve un hermano que sí lo fue. Es una pena que ya no esté con nosotros. Era un espléndido tallador.

—¿Y qué fue lo que le pasó?

—Se confundió y asesinó a una mujer que tenía la marca del cordero y Dios lo castigó.

—¿Y lo expulsó del paraíso?

—No. Lo mató. Hay cosas para las que Dios es más definitivo.

—Sabe usted mucho. Parece que es usted muy inteligente, debe ser por eso que tiene la cabeza tan grande.

—Me halaga usted. Las palabras que dice son hermosas, debe ser por eso que tiene la quijada tan grande.

—¡Qué momento más edificante estamos pasando!, ¿no le parece?

—Ya lo creo.

—¿Será que nos estamos enamorando?

—Puede ser, pero no deberíamos, ¿qué no ve que somos hermanos?

—Lo entiendo, pero he sabido de padres que preñan a sus hijas, hermanos a sus hermanas y un sinnúmero de combinaciones. Yo pienso por eso que la unión de los hermanos, aunque sea carnal, debe ser permitida.

Porque, mire, supe de dos hermanos que se separaron fundando cada uno pueblos distintos, y presiento que estos mismos pueblos se van a acabar matando.

—A lo mejor ese es el destino de los hermanos.

—¿Matarse?

—Pues ya ve usted el caso de este par…, ¿cómo era que se llamaban?

—Me parece que Caín y Abel.

—Cierto. Caso trágico aquel.

—Ya lo creo.

—Y, por cierto, ¿usted cómo se llama?

—¿Sabe que he olvidado mi nombre?

—¿Y qué hace usted aquí?

—Cuido el sueño de la mujer con la marca del cordero. Ella lleva dormida la noche de los cuarenta días.

—Yo creo que usted es muy buen cuidador porque a ella se le ve un sueño tranquilo. Parece un cordero que no sabe que lo van a sacrificar.

—Últimamente me he especializado en cuidar sueños, ¿sabe? Es que estoy aprendiendo a dormir.

—¿Tiene usted problemas para dormir?

—No. Tengo problemas para estar despierto. Cuando duermo estoy feliz porque voy a un paraíso sin infiernos. Pero cuando despierto tengo un dolor de quijada insoportable, me duelen los huesos y siento que me muero. Por eso quiero dormir más.

—Oiga, ¿y cuánto nos van a pagar?

—¿Por cuidar este sueño?

—Sí.

—Al parecer nos pagarán con toda la carne de un cordero que ya no tuvieron que sacrificar y se murió de felicidad al saber que había salvado la vida. Así que su carne debe tener un sabor espectacular.

—Ya lo creo.

—Solo falta que amanezca y habremos terminado nuestro trabajo.

—¡Fantástico! Muero de hambre. Oiga, ¿y qué hacemos con estos huesos?

—Me parece que lo correcto es usarlos para bordear el camino y que esta mujer tenga una ruta para regresar de los sueños.

—Me parece una idea grandiosa. No hay nada como un camino seguro para volver a casa. Uno nunca sabe con qué bandidos o asesinos se puede topar.

—Ya lo creo. Le voy a dejar a la mujer esta daga de hueso. Tiene la marca, pero uno nunca sabe. Hay gente que cree que Dios ha muerto y que no hay que hacerle caso a sus marcas. Más vale protegerla. Ya casi es la hora de su despertar.

—¿Lo siente usted?

—¿El sol? Siempre, ¿de qué otra manera se puede volver de la oscuridad si no es recordando el calor?

—Como en el paraíso.

—¿Lo recuerda?

—Como si hubiera sido ayer.

7 Eva

He soñado.

José…

He soñado.

No me acostumbro a despertar y que no sean tus ojos lo primero que miro. Tus ojos que son las estrellas que me guían.

Amado tejedor de raíces, añoro tus lágrimas dulces.

—¿Por qué no quieres engendrar al Hijo de Dios?

—No es que no quiera. Es que necesito tiempo para pensarlo.

—Me has ofrecido miles de veces engendrar a mis hijos.

—No quiero embarazarme de dolor. Su hijo tiene la carne podrida de las culpas del mundo. Tus hijos tienen la carne de miel emanada de la belleza de tu alma, por eso quiero ser la madre de tus hijos, para que tengan mi lunar en el pie izquierdo y tu mirada acariciando la tierra.

—Hablas de Él como si existiera.

—Existe. Por eso no sé si quiero engendrarlo. Porque existe.

—A veces no entiendo tus palabras. Y no puedo tallar lo que me dices como tallo la madera para encontrar su forma. Hay palabras tuyas que no toman forma en mi cabeza. No las comprendo.

—Lo sé. Por eso te beso y te honro entregándote mi cuerpo. A mi cuerpo lo comprendes.

—No quiero que tengas a mis hijos. La que vino antes que tú me regaló su vientre para sembrar mi semilla y la vi parir a cada uno de mis hijos hasta el número siete. Y después del siete la vi morir. Y la vi partirse por mitad en cada una de las siete veces. Este hombre que es tu esposo ya le dio hijos al mundo. No necesita más.

—¿No quieres a los hijos de José y María?

—No quiero a mi esposa María, luz profunda del corazón, partida en dos y con los huesos flacos. Si un hijo mío te desgarra la raíz y te roba la alegría de los ojos, este corazón se hará de piedra y moriré de la tristeza. Mi bien amada, los hombres no lo decimos porque no queremos ofenderlo a Él, pero nuestros hijos parten en dos a nuestras mujeres y no podemos repararlas. Te digo este secreto porque es más grande el amor de José por María que el amor a…

—No lo digas.

—No quiero que te rompas.

—No me romperé por los hijos de José y María. Tienes mi promesa sellada con besos en tus lágrimas.

Amado tejedor de raíces, añoro beber de tus labios. Mientras camino este viaje elegido repito nuestras palabras, las que nos dijimos a solas. Cada una de nuestras conversaciones es un pedazo del mapa del amor incondicional de José y María. A veces, José, siento el impulso de volver mis pasos atrás y decirle de una vez que no, que no soy el vientre para parir a su hijo. Que mi deseo solo está con mi esposo y que no quiero otro hombre sembrando semillas en mi cuerpo. ¿Será, amado mío, que para conocer a una mujer Él es un hombre como cualquier otro?

El camino se ha llenado de árboles frutales, arbustos, calor húmedo. Nunca había estado en un lugar así. He soñado con unos hermanos idiotas que andaban eternamente por el mundo, condenados a aprender a no matarse. Y en sueños me dejaron una daga hecha de hueso tallado. No puedo explicarte cómo, pero esa misma daga ha aparecido en mis manos. La descubrí mientras la empuñaba y caminaba.

Cuando el silencio comenzó a hacerse granos de arena en el pecho, una anciana de manto rojo se me acercó.

—Esa daga que tienes…

—No es para hacerte daño. Me la han dejado unos…

—… mis hijos. Esa daga te la dieron mis hijos. Ven conmigo. Te fue entregada para que yo pudiera reconocerte y cobijarte. Has pasado una larga noche de cuarenta días. Necesitas descansar.

—¿Quién eres tú?

—La dueña de este paraíso.

Unos niños que jugaban a ser soldados romanos nos recibieron. Todo estaba rodeado de vegetación, era como si al paso de aquella mujer crecieran las plantas y los frutos, como si la frondosidad de la tierra fuera una consecuencia de su andar.

En los días siguientes me indicó que descansara. Fue sencillo. Los frutos de aquel lugar tenían un sabor exquisito que incitaba a la placidez. Al morderlos, sentías un hormigueo alegre, amodorrado. En el séptimo día me invitó a su cocina. Era un lugar alucinante. Conservas, hierbas de todo tipo, olores al por mayor. Sales de varios colores. Palas e instrumentos diversos. En los fogones había cazos con platillos que nunca había comido. Y mientras guisaba, probando aquí, sazonando allá, me contó cientos de historias sobre la creación del mundo.

—El problema de Dios es que nunca aprendió a guisar, ¿me entiendes? En el principio fue el caos, es decir, el desorden absoluto. Y cuando tú entras a una cocina y está en caos, lo que haces es ordenarla, no traer más cazuelas ni inventar nada nuevo. No había que crear nada, había que poner orden. Las cosas ya estaban antes de que Él llegara.

—¿Cómo lo sabes?

—¿Sabes cómo se hace el pan?

—Sí, lo sé.

—¿Cómo lo sabes?

—Lo aprendí de mi madre, y ella lo aprendió de la suya.

—Asimismo, sé —porque mi madre me lo enseñó y a ella su madre— que la omnipotencia lo cegó y se puso a inventar absurdos. Ya todo existía. Había que poner orden. Por eso necesita un hijo nuevo, para corregir sus errores.

—¿Crees entonces que…?

—No te estoy diciendo que no le ayudes, solo quiero que sepas qué ingrediente eres en su receta.

—¿Somos un error?

—Somos lo que somos. Hay muchas cosas que ya están y que no estoy segura de que sea necesario hacer nada nuevo, quizás baste con poner orden.

—¿No tienes miedo de que te escuche, le dé la furia y te destruya este hermoso paraíso?

—Él no puede entrar aquí. Lo expulsé cuando quiso cortarme las alas.

—¿Alas?

Y fue entonces, José, cuando aquella menuda y anciana mujer se quitó el manto que le cubría la espalda y vi desplegarse dos alas de tamaño descomunal. Ella, con las alas extendidas que le suman peso a sus años, se arrodilló ante mí y me miró los pies. Comenzó un canto, una reverencia. Me besaba las manos, me besaba los pies. Otra vez las manos, otra vez los pies. Los sonidos se separaron entre sí. Escuchaba su voz por sobre todas las cosas. Detrás de ella, sosteniendo el tiempo, escuché los sonidos de los animales que habitaban su inmenso jardín. Detrás de todo, los latidos de mi corazón.

Me bendijo, José. Y su bendición hizo raíz en mí. Me envolvió en un gran abrazo con todo y alas y me contó al oído el origen de las cosas. De cómo fuimos el Todo y en un momento de confusión nos creímos oscuridad y caos y nos rompimos en mil pedazos. De cómo fuimos un latido, un apasionado y absoluto latido de placer. Me dijo que no sabía por qué nos habíamos roto. Apenas recuerda la gran explosión en la que nos hicimos esquirlas de un corazón partido, alejados los unos de los otros; los árboles de las nubes, los mares de los desiertos, los hombres de las mujeres. Pero recuerda ese latido, porque recuerda haber sido parte de un algo que no era solo ella. Después fue vomitada a este mundo, en el que le dejaron las alas para constatar que fue parte del todo. Por eso busca en su cocina el latido primero, mezclando y mezclando ingredientes como lo buscaba mi madre, como lo buscas tú con las maderas, como lo busco yo al tomar tu cuerpo, como lo busca Él, inventando una y otra vez, como lo buscamos todos los seres y todas las cosas que habitamos esta tierra. Buscamos el origen porque de alguna manera lo recordamos.

Fuimos latido, José, por eso nos morimos, porque nos cansamos de buscar el estado primero de las cosas y nos cansamos. No logramos encontrarlo, nos desesperamos, nos cansamos y entonces nos morimos.

La anciana dueña del paraíso se agotó de relatarme el principio de las cosas. Su cuerpo empezó a temblar y replegó sus alas para convertirse de nuevo en la mujer de las alas cubiertas.

Como si nada hubiera pasado, regresó al fogón y preparó un té de hierbas.

—Toma, para que duermas y los sueños te ayuden a entender.

Al despertar, había un mensaje escrito en la arena.

«Tenías razón. Él se puso furioso conmigo por contarte mis historias. Tuvimos que mudar el paraíso. Es la única manera de que Él no caiga en la tentación de destruirlo. Sé que lo extraña, pero no puedo permitirle la entrada nunca más. No sabe qué hacer con la frondosidad y se le pudren los frutos y, escúchame bien, los necesitaremos algún día para sacarle vida a la tierra muerta y poblarla de nuevo».

8 Set

Continúo mi camino.

Extraño la frondosidad del paraíso.

Extraño la frondosidad de las formas de tu cuerpo, amado José.

El aire se hace sal.

Reconozco el olor del mar y me entusiasmo.

Siento a mis espaldas unos pasos, pero al voltear la vista atrás no encuentro nada.

Acelero mi andar. Solo un poco. En realidad, me vendría bien la compañía. Estar con Eva, la anciana del paraíso, me trajo la conciencia de lo silencioso que ha sido este viaje. Hablarte dentro de mi cabeza me hace compañía, pero no es suficiente, José. A veces siento que mis pensamientos me asfixian. El camino de tierra es uno, el silencio es otro y recordarte y hablarte es otro más. Tres caminos recorre María. El más dulce es la conversación con tus ojos y los surcos de tu cara. El más árido es el que recorren mis pies, que ya no son alabastro para disfrute de tus labios. El más peligroso es el silencio. No sé a dónde va, solo sé que cada vez es más profundo.

Siento los pasos de nuevo a mis espaldas. Me detengo. No tengo por qué temer. Su palabra es que no corro ningún peligro porque tengo su marca en la frente.

José, en este silencio escucho mi respiración. El aire caliente de nuestro desierto se agolpa en mis pulmones. ¿Cuánto desierto crees que quepa en mi memoria? Este de aquí es distinto al de allá y distinto también al de la larga noche de los cuarenta días. Diferente, incluso, al de los hermanos idiotas. Siento que mis ojos se hacen largos. En Nazaret no tenían que estirarse tanto para mirarlo todo. Ahora miran más lejos.

***

Me acerqué a ella con el paso tranquilo del andariego. Me resultó extraño encontrar una mujer sin compañía en el camino. Las mujeres siempre deben estar acompañadas. Estaba sumida en sus pensamientos. Miraba hacia el oriente con una profundidad que atravesaba las montañas. Ojos de ébano. De mirada larga. ¿Cómo dice? Pues una mirada larga es una mirada que llega más lejos que las miradas cortas, ¿me entiende?

Le ofrecí mi compañía y aceptó con una sonrisa amable. También se dirigía al mar.

Mi nombre es Set. Me dedico a sembrar la tierra. Tengo buenas manos, le dije. Desde que era niño, mi madre ungió mis manos para sembrar. No hay semilla que sea plantada por Set que no esté destinada a ser fruto y sombra frondosa.

Mi madre era una mujer sabia.

A mi padre no lo conocí. Murió de tristeza porque mi hermano mató a mi otro hermano. Yo salí del vientre de mi madre un poco después. Cuentan que las lágrimas de ella eran de dolor por el parto, por la muerte de su hijo y por la tristeza de su esposo. Por eso tienes que sembrar, me decía, para que borres de nuestra estirpe la historia del dolor.

Mi madre era una mujer sabia.

Cada fruto que salía de nuestro huerto y que había sido sembrado por su hijo Set le dibujaba una sonrisa. Su gesto era tan adusto que aquellas sonrisas eran como flores de tierra seca. Sembrar y sembrar. Sacarle frutos a la tierra para borrarle las heridas al alma, ese es tu destino Set, me decía mi madre.

Claro, claro. Yo sé que no estamos hablando de mí, pero esas fueron las cosas que le conté mientras caminamos. Así mismo se las relato a usted, para no perder detalle de lo que en el camino ocurrió.

No paré de hablar. Ella casi no dijo nada. Su idioma era el silencio y así lo entendí. Cuando pasas tantas horas al día entre olivos y naranjas, te acostumbras a que nadie te conteste lo que conversas.

No. No me dijo para qué iba al mar.

En el primer risco donde dobla el camino para llegar a la villa, la dejé. Me dijo que hasta ahí llegaba nuestro camino acompañándonos. Le indiqué cómo llegar a nuestro huerto en dado caso que así necesitara. Mi esposa dice que ser un buen anfitrión es importante.

Mi esposa también es una mujer sabia, ¿sabe usted? No, por supuesto que no voy a hablarle ahora de mi esposa, solo me parece importante decirle que yo siempre he estado rodeado de mujeres sabias. La sabiduría de María es más honda. ¿Cómo? Pues una sabiduría honda es una sabiduría que puede ahogar a quien nada en ella, ¿me entiende? Yo me hubiese ahogado en su mirada, pero ella caminaba tranquilamente sobre las aguas de sus pensamientos.

Para despedirse me dijo que nunca había visto el mar y que tenía que llenarse los ojos. Tenía la mirada gigante. No, no los ojos, la mirada. Y bueno, una mirada gigante es… Claro, disculpe, ya sé que no tengo que explicar cada cosa que le digo. Es que, ¿sabe usted?, hay veces que no hay manera de entender las cosas, a menos de que se entiendan.

No. Yo no soy un hombre sabio. Yo me dedico a sembrar la tierra con buenas manos, nada más.

¿Quién es esa mujer?

Por supuesto que no tiene que responderme si no quiere. Poco sé de los asuntos del templo. Si los sacerdotes la buscan, sus razones deben tener. Permítame decirle a usted, para que así se los comunique, que el camino de este sembrador nunca había sido tan pacífico como el que recorrió al lado de María. No creo que esa mujer sea capaz de falta alguna.

9 Noé

Es una hermosa historia, señora. Una hermosa historia para unos ojos como los suyos. Sus ojos me recuerdan a alguien. Me basta con que me comparta el pan. ¿Un poco de vino, quizás? No tiene vino. No sé en qué momento pensé que una mujer así podía tener vino. Usted me comprende, hay mujeres que son de una manera y que tienen vino consigo. Sí, supongo que yo soy de esa manera también. Gracias. Hace días que no pruebo bocado. No sé cuántos. No me ocupo ya de contar los días, pero el estómago me aprieta de adentro hacia fuera, ¿me entiende? Gracias.

He aquí mi historia. Yo fui varón justo. Tuve tres hijos, a quienes nombré Sem, Cam y Jafet. Madre de esos hijos fue Namah, fiel esposa de este despojo humano que ahora alimenta. Huertos de dátiles cultivábamos para bien vivir. Tal era nuestro prestigio, que servíamos al Rey y a los amigos del Rey.

Una tarde a solas, mirando el mar desde esta montaña, escuché su voz. Sí. Escuché la voz de Dios. Con palabras agravadas por un acento que desconozco, me habló de cómo la humanidad estaba condenada a muerte. A su parecer había que borrar de la faz de la tierra a todos los hombres y todas las mujeres. A todos los niños, las niñas, las hermosas jóvenes y los dulces efebos. A los ancianos como yo. Le pregunté sus razones. Fueron largos días de discusión. Cuando mandaba su voz tal sentencia, venían a mi pensamiento las personas que estaban liadas a mi corazón. No pensaba en las personas como tal, sino en las cosas dulces que recordaba de esas personas. La benevolencia de mi padre, la sonrisa de mi madre, el talante descompuesto de la cocinera, la risa torpe de mi hijo Jafet, la respiración de mi esposa, la gracia infinita de mi hijo favorito: Cam, el hermoso. Con este bordado de emociones como argumento, intenté por todos los medios convencer al Creador de que no acabara con nuestras vidas. Tú estarás a salvo —me dijo—, de la misma manera que tu esposa, tus hijos y las esposas de tus hijos. Desolado volví a casa, y le conté a mi esposa las palabras que Dios me dijo al oído.

Ella enloqueció de dolor. Le dolieron sus hermanas, las mujeres con las que compartía la vida, sus sobrinos, el hombre ciego que nos vendía el pan. Le dolió perder la tierra como la conocía y volver a empezar. Nos había costado mucho trabajo la fundación de nuestro propio mundo, dentro del mundo. Renegó de Dios y sin mucho ánimo, comenzó a mi lado la tarea imposible de construir el arca que Él nos indicó.

Con instrucciones precisas de los cómos y los cuándos, la familia entera nos dimos a la sagrada tarea. Pasaron años muy difíciles, pero no hubo un solo día en que no me preguntaran si no había recibido de su parte la orden contraria. Todas las noches, Namah, mi fiel esposa, me decía que no le importaba seguir haciendo la monumental tarea —que nos tenía en el agotamiento permanente— con tal de que Dios se detuviera a tiempo de llevar a cabo su cruel decisión. No fue así.

Y fue con su orden que nos embarcamos con una pareja de cada animal que había sobre la tierra. Así lo hicimos conforme a su mandato y esperamos la lluvia. De asentarse en las arenas de la orilla del mar, la barca gigantesca comenzó a flotar al tercer día del diluvio y con la fuerza de las olas se hizo a la mar. No logramos ver cuando la tierra dejó de ser tal para convertirse en agua, solo flotamos.

Y flotamos.

Y flotamos.

Y flotamos.

Dios no volvió a hablar. De hecho, Dios había callado su voz antes de los tres días intensos de lluvia. Sí. Solo fueron tres. Cuando dije a mi esposa y mis hijos y a sus esposas que Dios no me hablaba más, comenzó la locura a bordo. A punto estuvimos de matarnos algunas veces. Mis hijos furiosos se volvieron contra su padre. Cam, el hermoso efebo, se convirtió en un escuálido y ojeroso hombrezucho que me escupía en cuanto podía. Con el resentimiento hacia su padre se le murió el pulso vital que solía perderme en la contemplación de su hermosura. Mi propia esposa, Namah, abandonó mi lecho y murió llena odio y desprecio entre la mierda de los animales. Enferma de resentimiento.

Mil cuatrocientos cuarenta y cuatro días en el mar. Cosas terribles ocurrieron en esos días.

Cuando volvimos a mirar la tierra firme, supimos que nunca hubo tal fin de la humanidad, lo único que aconteció es que mi familia acabó con lo humano que le quedaba. Nuestra barca, con un ejército de animales que fueron muriendo en nuestras fauces o en las fauces de los otros animales, estuvo a la deriva mientras el mundo seguía su curso.

Desembarcamos aquí, pero esta no es nuestra tierra. Mis hijos me abandonaron y cambiaron sus nombres para que nunca nadie supiera su origen. No los he mirado desde entonces.

¿Para qué le cuento esta historia? Para que me convide el pan, ¿para qué más? ¿Cómo dice? No. Dios no me habló nunca más. Quién sabe si algún día lo hizo.

***

José de mis amaneceres dulces, con la marca que llevo en la frente no corro peligro alguno. Puedo hacer cosas que no podría hacer cualquier mujer. Es emocionante. Mi cabeza gira.

El mundo es otro si no se corre peligro.

Esta tarde compartí el pan con un hombre que tenía el alma inundada en vino. Me contó una historia delirante.

10 Sarah

¿Qué haces caminando sola? ¿No tienes miedo? ¿Tienes hijos? ¿Cuál es tu tierra? ¿Dónde has obtenido este vino que calienta el pecho? ¿Te parece que estoy demasiado vieja? ¿Conoces a Abraham, mi esposo? ¿Estás casada? ¿Te parece si camino un poco a tu lado? ¿Crees que llegue pronto la noche?

¿No tienes miedo?

¿Te puedes guiar por las estrellas? ¿Te parece que alejarte del mar es buena idea? ¿Conoces aquellos olivos? ¿Conoces a Abraham, mi esposo, el patriarca? ¿Sabes que es más fácil ocultarse en un naranjo que en un olivo? ¿Has visto a alguna otra mujer caminando sola por el desierto? ¿Vestida así puedo no parecer mujer? ¿Cuánto tiempo llevas caminando?

¿No tienes miedo?

¿Te parece que camino muy de prisa? ¿Sabes que debajo de piedras como esas hay insectos que puedes comer, aunque esté prohibido? ¿Podrías no decirle a mi esposo que me has visto? ¿Vas a comerte ese pan? ¿Cómo has podido no tener hijos? ¿Esa daga que llevas es muy filosa? ¿Puedes dormir con los ruidos de la noche?

¿Por qué no tienes miedo?

¿Cómo es que no has matado a nadie y sigues viva? ¿Te parece que una mujer que desobedece a su esposo arderá en las llamas del infierno? ¿Puedes jurarme que no le dirás a mi esposo que me has visto, aunque te ofrezca una cabra, una burra o una de las criadas que le han dado a cambio de mí?

¿No crees que deberías tener miedo?

¿Te parece que soy hermosa? ¿Aun con estos golpes? ¿Estás segura de que reconocerás a mi esposo con las señas que te he dado? ¿Tu esposo también te vendió? ¿Sabías que este desierto está lleno de mujeres como yo? ¿Sabías que adentro de la cabeza también tenemos desiertos a los que huimos cuando no podemos huir?

María, si te encuentras con mi esposo, más vale que tengas miedo.

11 Lot

No te me acerques, mujer. Mi presencia es maldita. Tengo el entendimiento vuelto de cabeza. Así como lo escuchas. Cuando recibo la bendición de mis semejantes, siento un irrefrenable impulso por asesinarlos. Temo que, si te acercas más, con esa mirada profunda y clara, acabarás con los ojos salidos de sus cuencas, arrancados por mis propias uñas. No. No lo intentes.

Cada que he recibido un abrazo sincero, invariablemente tomo la vida de quien me lo otorga con mi daga. En las ocasiones que escucho palabras de buena voluntad, respondo con una retahíla de improperios, insultos, maldiciones y crueles escupitajos. Y si aquella buena alma que tuvo a bien regalarme unas palabras dulces no huye pronto de mí, acaba con la lengua arrancada por mis fauces. No te dejes engañar, yo sé que parezco un hombre como cualquier otro. Más maltratado que un hombre libre quizás, pero solo un hombre.

No lo soy.

Tengo la condena metida en los huesos y no puedo evitar la crueldad.

Si quieres hacer algo por mí, arrójame un pedazo de pan y huye lo más pronto posible. No desperdicies tu agua ni tu vino. No puedo tragar bebida bendita alguna porque me quema la garganta y se abren llagas pustulosas. Solo con orines podrías calmar mi sed, pero no voy a pedirte eso. Te arrancaría el sexo a mordidas si te acercaras tanto como para orinarme.

No me tienes miedo. Lo huelo. Lo lamento mucho. Espero que no te arrepientas. Todas las mujeres que estuvieron cerca de mí sin temerme son ahora recuerdo del desierto. Pero no tuve la culpa. Aunque sea culpable, no tuve la culpa.

A mí me fueron dadas tres cabras, seis canastas de trigo y una mujer, Edith. Ese es tu patrimonio, me indicó su padre, y es tu deber multiplicarlo. Y así hice, como me fue indicado. Incluso, con el alma bondadosa y pacífica, le cedí la mitad de mi territorio a Abraham para que mi mujer y mis hijas no miraran a su padre ir a la guerra. En Sodoma nos asentamos y ahí nos hicimos parte del pueblo con la bendición de Él.

Fui siempre un hombre de fe y por eso me premiaba Yahvé con buenas cosechas.

Pocos años habían pasado y mi patrimonio ya se había multiplicado: seis cabras, dos koros de trigo y cuatro mujeres. Cuando logré el tercer koro de trigo mi alma se llenó de contento. Nunca un hombre de mi linaje había logrado ser tan rico.

Como lo indica la ley, una parte la entregué al templo y con la otra me dispuse a celebrar. En el regreso del templo conocí a dos peregrinos robustos y de buen talante. Parecían soldados gallardos con rostro de ángeles. Les conté mi buenaventura y brindaron conmigo por las bendiciones. Eran muy hermosos. Parecía que sus manos y su piel no hubieran soportado nunca las inclemencias del trabajo duro.

No sé cuánto bebimos. Desperté desnudo, entre los brazos de uno y las piernas del otro.

Con la cabeza aún dando vueltas por el vino, me llegaron los recuerdos de la noche. Los acaricié con vehemencia y les abrí el cuerpo invadido de deseo. Los tomé una y otra vez. Los disfruté como nunca un hombre ha disfrutado a otro hombre. Cuando despertaron, me encontraron confundido y llorando. Me abrazaron con dulzura. Y en ese abrazo nos fundimos unos días más con sus tibias noches.

Ahí comenzó mi calvario.

Con lágrimas en los ojos les rogué que se quedaran a mi lado. Les ofrecí todo lo que tenía a cambio y ni con eso aceptaron. Somos peregrinos, me dijeron. Nuestra cama es la arena del desierto y nuestro matrimonio es con el camino. Enloquecí de celos. Los imaginé en otros brazos, con otras carnes, con otros hombres y no pude más. Eran míos. Solo míos. Así se los hice saber y con ternura me contestaron que ellos no eran de nadie más que de ellos mismos porque era la voluntad del Creador que nunca un hombre fuera posesión de otro hombre. Se fueron sin que pudiera evitarlo. Se arrancaron de mi piel como si no me pertenecieran. Se llevaron la hermosura y me dejaron en su lugar la tristeza.

Mi vida se llenó de maldiciones. Mi patrimonio se fue deshaciendo en deudas. Mi cuerpo y mi alma no tenían más fuerzas que para beber y pelear con quien se me pusiera en el paso. Cuando el trigo se acabó, vinieron soldados a mi casa para requisar el pago del impuesto. No tenía yo manera de negar que justo era lo que esos hombres pedían, pero en vez de cosechar, había ocupado mi tiempo en llorar, así que no tenía manera de pagar.

Tengo dos hijas que no han conocido varón —les dije—, las sacaré fuera y haced de ellas como bien os plazca; estas cabras no puedo dároslas puesto que de ellas me alimento.

Y fue así como los soldados cobraron el impuesto y de mi casa salieron tres días después. Al salir ellos, entré para asegurarme de que mis cabras habían quedado en buen resguardo y dormí plácidamente.

A la mañana siguiente desperté con los rayos del sol dándome en la cara. No había paredes ni techo protegiéndome. Mi casa se había hecho polvo. Y no era el único. Toda la ciudad era lo mismo: casas hechas polvo, con hombres como yo, convertidos en esto que ves aquí. Hacia allá, hacia el norte, donde están esos montículos de sal, ¿los ves? Esos eran hombres como yo.

En aquella fatídica mañana nos convertimos en estatuas de sal de la cintura para abajo. Poco a poco todos se han ido disolviendo entre manotazos de furia y lágrimas de arrepentimiento. No te puedes imaginar la cantidad de formas ridículas de morirse que he visto en este camposanto salino.

¿Mi mujer y mis hijas? Las vi partir, junto con las otras mujeres de la ciudad. Les gritamos, pero no voltearon la vista atrás. Caminaron hacia el horizonte, dándonos la espalda.

A mí me fueron dadas tres cabras, seis canastas de trigo y una mujer, Edith. Ese es tu patrimonio, me indicó su padre. No entiendo porque Yahvé nos castigó de esta manera.

¿Cómo? Sí. Aquel montículo de sal de allá, el que está junto a esa hermosa higuera, ese fue el padre de Edith.

***

José, mi amado tejedor de raíces. Los designios del Señor no son inexplicables. Yo los entiendo. Es la sal la manera que tiene la tierra de convertir los infiernos en luz. Guardo ahora entre mis posesiones una alforja con sal. Cada grano es una historia que tendré que contarte al oído cuando te fundas de nuevo en mis frondosos pechos.

12 Abraham

Se equivoca, mi señor Abimelec, yo no le he mentido. En efecto, es mi esposa, pero también mi hermana. Fuimos engendrados por el mismo padre, pero no por la misma madre, lo cual nos da la suficiente libertad para llamarnos «hermanos» aunque seamos esposos, o «esposos» aunque seamos hermanos, pero en ningún momento quiso este humilde pastor engañar a un señor de tan alta jerarquía. Fue más bien un asunto de buenas intenciones. Al mirar mis ojos que el gusto de mi señor se alborotaba con la hermosa Sarah, me pareció una descortesía entre caballeros no permitirle el gozo de sus placeres sin el riesgo de complicaciones posteriores debido a la infertilidad de mi esposa, que es tan bella como estéril. No tuve corazón, después de ser tan bien recibido por mi señor, de desencantarle el deseo. Por esa razón os ofrecí a mi hermana, que para estos momentos ya podemos llamar también mi esposa. Por otro lado, tengo entendido que mi señor la gozó o no hay manera de explicarme el que no me la haya regresado en cien días, razón por la cual considero justa la paga de las cabras y las esclavas. Si el señor me pide que se las regrese, así lo haré. No soy hombre de batallas y no pienso desafiar esas lanzas que tan salvajemente me apuntan. Y cuando digo «salvaje» no lo digo para desacreditar el buen prestigio de mi señor, que es conocido como bondadoso rey. Utilizo la palabra «salvaje» para describir a un ejército claramente bien entrenado en defender la grandeza ante la cual estoy postrado. Con esto quiero decir, señor mío, que capaz soy de devolverle la justa paga que me habéis dado, sin embargo, tengo que dejar claro que, de las cabras, mis hijos y yo ya sacamos cierta cantidad de leche, que aunque no mucha, importante es reportársela a mi señor. Y de las esclavas ocurre un poco lo mismo, puesto que las hemos usado. Primero las usé yo y después les permití a mis hijos que lo hicieran. Es importante dejar claro que no las hemos gastado más allá de lo apropiado y, a lo sumo, encontrará un par de huesos rotos y un labio inflamado. Nada que no pueda curarles mi esposa, que, como buena hermana, ha resultado una gran curandera.

Lamento mucho que mi señor, el rey, haya tenido esos sueños y así mismo le manifiesto, dado que conozco bien el tema, que Él no habla a través de los sueños. Cuando es su voluntad dirigirse a nosotros, lo hace de frente. Se aparece y nos indica sus distintas voluntades. Lo más probable es que la voz que hizo que pasara mala noche mi señor, la que le llegó al oído mientras dormía, revelándole que mi hermana es también mi mujer, fuera la voz de una alimaña ponzoñosa que no tiene agradecimiento alguno por el hombre que la desposó y que no la ha tirado a la basura a pesar de que no puede dar hijos. Por eso la hice mi esposa, para instruirla y proveerle una vida un poco menos salvaje, pero no ha sido fácil. No quiero yo quejarme ante mi señor, sabiendo lo noble que se ha portado con ella, pero es un animal difícil de controlar.

Os pido, señor mío, que no me castiguéis por haberos dicho esta media mentira que más bien es una media verdad y os pido, también, que si es su voluntad retirar el pago —que con justicia me he ganado— lo hagáis sin la esclava que responde al nombre de Agar. Como el señor puede apreciar, en su vientre lleva ya la simiente de mi casa. La semilla de mis hijos o la mía se encuentra en ese cuerpo y nos deshonrarías si no nos permitieras llevárnosla.

Y fue así, mujer, como Abimelec nos dio la oportunidad de abandonar su tierra y poblar la nuestra. Gracias a mis buenos argumentos me dejó llevar unas cuantas cabras, además de la esclava. Lo que él no supo es que en el vientre de Sarah crecía su primer hijo. La maldita cerda me había hecho creer que no podía tener hijos, pero solo no podía tenerlos conmigo, porque con el rey se embarazó sin dificultad alguna. «Fue la bendición de Dios», me gritaba mientras quise arrancarle el fruto a golpes. Por fortuna, se escapó de mis manos y mis hijos me detuvieron. Así tuve tiempo de pensar que, si Dios me mandaba a tener un hijo de rey entre los míos, algún beneficio podría significar en un futuro ¿Cuántos siclos puede valerle a un rey la vida de su hijo?

Fue así como el corazón se me ablandó de piedad y pude darle el perdón a Sarah. Agar la cuidó y juntas parieron y criaron a los nuevos miembros de la tribu. Pasaron un par de años y era momento de hacer lo que tenía que hacer. Las mujeres no lo entendieron, pero la entrega de Isaac era impostergable. No habría otra manera de agrandar el territorio y teníamos el mandato de Dios de poblar y habitar todo lo habitable.

Fue la noche de la circuncisión. Mientras los hombres estábamos dormidos recuperándonos, incluidos los dos pequeños, Sarah y Agar me robaron a mis hijos y me abandonaron.

Supe, gracias a un pescador de almas, que ya no caminan juntas, pero a Sarah se le vio caminando y conversando con una mujer como tú. Haz lo decente, mujer, y dime para dónde ha ido. Ayuda a este pobre anciano que lo único que busca es un poco de justicia. ¿Sabes dónde podrían estar?

—No.

¿Cuál es tu nombre?

—María.

13 Edith

Dentro de mi cabeza. Primordialmente vivo dentro de mi cabeza, como todas. Es una cosa muy útil, María. Un aprendizaje que viene desde las abuelas de nuestras abuelas y las que vienen antes, pero no sé cómo se nombran a las de antes de nuestras abuelas.

Te estamos mirando cómo caminas y recorres el mundo con tus pies. Tienes que saber que eres la primera. Todas, antes de ti, lo hemos hecho en la cabeza. Hemos andado este y mil mundos en nuestro deseo. Por dentro. Como el corazón y los sueños. Tú me entiendes. Porque las mujeres tenemos muy claros los mapas de adentro, por eso podemos vivir ahí mientras nos amarran las alas acá afuera. Guarda este pan. No me lo pagues. Tú no tienes que pagar nada. Estamos en tu camino para ayudarte a que llegues. No te preocupes por nosotras. Nos estamos salvando como podemos.

Es bueno mi pan. No es como el de los caminos porque yo soy la única por estas tierras que tiene sal. Toma un puño. No te preocupes. Yo tomaré más cuando visite a mi esposo. No hablo con él. Bueno, le hablo en mi cabeza, porque prefiero lo que él contesta en mis pensamientos que sus palabras de veneno. No lo juzgo. Debe ser muy difícil vivir en paz si tu cuerpo es una estatua de sal. Por eso yo no lo escucho más que en mi cabeza. En mi cabeza sus palabras son de leche y miel.

Toma esta leche y esta miel. Las encontrarás dentro de tu alforja. Sí.

No abras los ojos. No vas a verme si los abres. También yo estoy dentro de tus pensamientos. Esa es tu virtud, María. Te fue dado el adentro y el afuera. Estamos escritas en tu cuerpo, desde tus abuelas, las abuelas, y todas las de antes que no sé cómo se nombran. A algunas nos conocerás por dentro de tu cabeza y a otras por fuera. Esa es tu bendición. Yo estoy dentro. Dentro de mi cabeza que está dentro de la tuya.

Abre los ojos. Este pan es nuestra carne. Aliméntate y anda.

14 Caifás

Se ha reído.

Por eso es importante que se cubran las caras. Porque son animales que no pueden controlarse y les brota la risa. Esa mujer está andando los caminos con la marca de Él en la frente y se ríe. ¡Se ríe!

¿Saben por qué se ríe? Porque no podemos hacerle nada. Tiene la marca. Entonces tiene derecho a recorrerlo todo, a conocerlo todo, a preguntarlo todo.

Ya sabemos lo que pasa con las que se ríen. Nos meten en muchos problemas. Como sacerdotes debemos pensar si es la voluntad de Él que no la toquemos o es una de las tantas trampas del demonio.

***

Padre nuestro que estás en el cielo, ¿por qué le diste la marca a una mujer? Yo soy tu siervo, el primogénito de los primogénitos antes de mí. Soy yo tu andariego, el sacerdote que habla por ti. ¿Por qué le diste tu marca a una mujer?

Ella sonríe.
Se burla.
¿Qué debemos hacer?

15 Adán

Estamos inventando el mundo, le dije. Estamos haciendo que nazca todo lo que tiene que nacer y este palacio es tuyo. El mundo es tuyo. Yo soy tuyo. Podrás adorarme hasta el cansancio. Somos afortunados, amada mía. Mi amor por ti es el más puro porque yo te hice. Me arranqué una costilla y te hice con mis manos y el barro de mis pies. Te hice así, hermosa, para contemplarte y colmarte de regalos. Te hice con tanto amor que no tienes otro remedio que adorarme y dedicarte a mí.

Con sonrisa de serpiente y con una grandilocuencia indigna, me aclaró: «Tú no tienes vientre, hermoso joven. No puedes parir persona alguna. No pudiste haberme parido a mí».

Yo no tengo vientre.

Yo no tengo vientre.

Yo no tengo vientre.

Desde ese día comencé a odiarla.

La volví a encontrar. No me malentienda, su excelencia. No es ella. Pero tiene su cara. No sé si puedo explicarme. Soy un hombre viejo y comprendo que no puede ser ella, puesto que tendría que tener la misma edad que este que le habla. La he visto. Viene caminando hacia la casa del rey sin que nada se lo impida. No es ella, pero tienen la misma cara. No queremos problemas con los romanos.

Gracias por las treinta monedas.

Miraré más de cerca y le contaré a su excelencia lo que mire.

Gracias por las treinta monedas.

16 Abimelec

—Se secarán los vientres de todas tus esposas y tus esclavas.

—No me importa. Solo te quiero a ti.

—No puedo quedarme. Para que tu hijo, que llevo en mi vientre, sobreviva, debo irme y contarle a mi pueblo que me lo ha mandado Dios. De otro modo lo matarán y a ti también.

—Yo soy hijo de rey. Tu hijo será hijo de rey. Te amo, Sarah, quédate conmigo. Engendra mil hijos de mi estirpe y poblemos el mundo de gentiles hijos de Abimelec y Sarah, los grandiosos, los que se amaron.

—Bésame.

—Las mujeres como yo no podemos tener hijos de reyes paganos.

—Las mujeres como tú son vendidas por sus esposos, que las hacen pasar por hermanas para obtener más tierras. No te quedes con él. Me amas a mí. A él lo atravesaré con mi espada y serás entonces la reina, esposa del rey y no la falsa hermana del que no pudo embarazarte.

—Abimelec, el hermoso. A tus brazos me volqué sin dudar. Me envolvió tu belleza, la suavidad de tus labios. A tus caderas me abracé como quien se cuelga del mundo, y es mi corazón una vasija que has llenado de leche y miel de la que he de beber y alimentar a tu hijo. No puedo quedarme. Soy la madre de las que faltan por nacer. Debo cuidar el linaje de mi pueblo.

—Tu hijo es mío. El linaje es mío.

—La semilla es tuya, pero en mi pueblo, el linaje soy yo.

—Bésame.

—El que llevo en el vientre es hijo del milagro. ¿No te basta con eso?

—Ese fruto es de nuestro amor indigno. Tu esposo me engañó para que te tomara como mujer libre. ¿Dónde miras el milagro?

—En la luz infinita que resplandece del encuentro entre Sarah y Abimelec. Míranos. No somos las mismas almas que hace unos días. Refléjate en mis ojos, regálame tus labios y abraza nuestro milagro. Bésame.

—Abraham no es esposo suficiente para Sarah. Abraham no te ama. Por el amor a tu Dios, Abraham no te ama.

—Abraham no ama a nadie, pero es el único camino que tengo para hablar con Dios. Bésame.

—¿Por qué tu Dios no te habla?

—Porque está ocupado tratando de calmar el odio de los hombres que nos odian.

—¿Por qué las odian los hombres que las odian?

—Porque tenemos vientre.

—Yo no te odio. Bésame.

—Lo colmaré de tierras para que no te falte nada. Le llenaré las bolsas de oro para que te honre y te mime. Haré de Abraham el dueño y señor de tierras suficientes para que el hijo del milagro y la mujer que amo puedan vivir en abundancia.

—Abimelec, el bondadoso.

—Abimelec, el pagano.

—Abimelec, el corazón de mi corazón.

***

Mi amado tejedor de raíces. Soñé con dos que se besaban.

17 Adonai

—No me nombréis. Entendéis lo que soy, por eso no me nombréis. Escucho las voces que os hablan. Lo escucho porque soy el todo y nada hay oculto a mis oídos, pero no comprendo cómo las voces están ahí. Nunca antes había pasado. María, la de las mil voces que no conozco. Sois mi creación. Al parecer cuando creáis algo no sabéis en lo que se va a convertir.

—Te escucho. Pensé que me habías abandonado. ¡Por fin te escucho!

—No necesitáis mis palabras para recorrer el mundo. No os abandono, no puedo abandonaros. Yo soy el todo y estoy en todos lados.

—Tus silencios se pudren y se sienten como abandono.

—Vuestra voluntad me duele y se siente como desobediencia.

—¿Para qué me diste la voluntad si no fue para desobedecerte? ¿No es mi desobediencia al fin y al cabo parte de tu voluntad? Si en este momento cortara mi cuello con esta daga, ¿no sería tu voluntad?

—No lo hagáis.

—¿Lo ves? Eres el todo pero tu voluntad no lo es todo. Eres un todo al que le salen alas que vuelan hacia otro lado. Eres un todo repleto de voluntades que se mueven para miles de lugares distintos. ¿No tienes miedo de que nuestras voluntades sean cuerdas que jalen tus extremidades y te reventemos como en un potro de tortura? ¿Eso necesitamos para matarte? ¿Desobedecerte todas las almas al mismo tiempo? ¿O solo las almas favoritas de Dios? Y si revientas porque tus partes te hicimos reventar, ¿qué pasa entonces con tus criaturas? ¿Desapareces Tú y desaparecemos de la faz de la tierra?

—¿Cómo sabéis lo que es un potro de tortura?

—Porque en la ausencia de tu voz, los sueños me han mostrado millones de cosas. Estoy atiborrada de sueños. Tengo un baúl inmenso en la cabeza, los guardo todos. No olvido ninguno. Es mi voluntad recorrer el mundo en la vigilia, pero es la tuya que recorra el inframundo en el sueño. ¿De esa forma pretendes romperme? ¿Es lo que quieres? ¿Que me arrodille ante ti en la cima de este monte, te pida perdón y acepte tu simiente? ¿Quieres que tu hijo sea fruto de tu fuerza sobre María? Pues entonces hazlo. Abriré mis piernas de una vez y así será para siempre. Y nunca las mujeres dejarán de abrir las piernas a la fuerza para engendrar a tus hijos. Todos los hijos de Dios serán hijos de la infamia. ¡Ven y hazlo de una buena vez! Penetra con tu hierro de ignominia este cuerpo virgen de la crueldad de Dios y hagamos de este mundo tu santa voluntad.

—Esa no es mi voluntad.

—Enloquecerme es tu voluntad.

—¿Qué veis en los sueños?

—A ti. Lo que dicen de ti. Lo que hacen por ti. Veo tu nombre una y otra vez.

—No soy yo. Yo no digo mi nombre. Vos no decís mi nombre. Vuestros sueños no somos vos y yo.

—Al parecer, cuando creas algo, no sabes en lo que se va a convertir. Si no eres Tú el creador de estos sueños, sálvame de ellos.

—Eso sí puedo hacerlo.

—Perdóname. No enfurezcas conmigo. Tengo la cabeza vuelta un volcán. No es desobediencia lo mío, es que no puedo ser la madre del Rey de la Tierra sin conocer la tierra de la que será rey.

—Eso lo entiendo.

—¿Lo entiendes por fin?

—Ahora sí.

—Una cosa más. Si tú eres el todo, ¿por qué no eres también mi voluntad, mis sueños, mis infiernos?

—Por la misma razón que no podéis mirar lo que tenéis en la espalda, aunque la espalda sea vuestra.

—¿No todo está cubierto por la mirada de Dios?

—Cuando creáis algo no sabéis en lo que se va a convertir.

18 Paltith

Despierta, María. Estabas soñando con tormentas. Tres sudores conté esta noche. Tres veces cambié tus ropas y aún no logra secarlas el sol. Fueron ríos tus sudores. Le gritabas a alguien. Lloraste después. Bebe. Te hará bien. Es agua de romero. Es lo que tomamos las mujeres de este pueblo para que nuestros vientres tengan fuerza. Estamos haciendo hijos. Padre nos encomendó la tarea. Plantó su semilla en nuestro vientre. Aquí vivimos las cuarenta hijas de Lot. Nos lo prometió. De mi semilla nacerá el pueblo favorito de Él, dijo. Vendrá por nosotras y fundaremos otra vez la ciudad que fue quemada por las cenizas. No miren atrás, dijo. Y aquí estamos, esperándolo. Bebe esta agua. Tú serás madre algún día y lo necesitarás. Todas lo somos. Lo seremos. Eso decía padre cuando encontraba nuestro lecho. Y así nos fuimos pariendo las unas a las otras. Las hermanas a las hijas, las madres a las hermanas. Somos nuestras madres, nuestras hijas, nuestras abuelas, pero todas, sus hijas. Por eso padre nos quiere. Hijos tuvo, sí. Pero deben de morir porque mancharán mi simiente, dijo. Por eso tomamos agua de romero, ayuda a que sean hembras. Estamos haciendo esposas para padre. Es su labor sagrada, dijo. Así es como honran al Creador, dijo. Rezamos aquí, en el altar a padre. Pedimos por su pronta vuelta. Para que no se sequen los vientres de sus hijas.

No. Solo padre ha puesto su semilla. Ocurrió que Paltith, la primera de sus hijas, conoció varón de otra casa y fue tal la furia de padre que la destazó y con sus pedazos rodeó la villa. Muchos días tardaron en pudrirse los pedazos hasta que se hicieron arena. Y en esos días padre nos hizo rezar de rodillas la Promesa. ¿No conoces la Promesa? A padre se la dictó Dios para que nos la enseñara, y generosamente nos la enseñó para que no la olvidáramos. Por eso Paltith tuvo que ser desmembrada, porque olvidó y el olvido causa furia. Eso le enseñó Dios a padre, y él, en su magnanimidad, nos lo contó como le fue contado.

Debes irte. Tu sangre es ilegítima, aunque tienes la marca y por eso no nos has despertado la furia. De cualquier manera, es mejor que te vayas. Ya no tienes fiebres y aquí solo estamos las hijas de Lot.

***

José de mis anocheceres, en tus brazos los sueños eran como una siesta bajo la higuera. Añoro tus brazos. ¿Me amarás cuando vuelva con este laberinto que se anida en mi alma? No he visto mi rostro en el reflejo del agua, pero podría jurar que en la mirada, esa que decías que te insuflaba la vida, ahora hay millones de años revueltos. ¿Me habré equivocado, José?

19 Helí

Quiero que tu hijo sea mi esposo. Quiero conocerlo y que me conozca. Me ha dicho que ya está viejo y no tiene nada que ofrecer a una mujer joven como yo; que su labor en el mundo está hecha y ya le dio hijos a esta tierra y, para sembrarlos, vio partirse en dos a su esposa y al nacer el séptimo la vio morir. Ante esa muerte y con su hijo en brazos le pidió a Él que lo dejara en paz. Ni una mujer más parirá de la simiente de José; de mi cuerpo no más semilla, le gritó al cielo. Así me lo hizo saber cuando le dije que quería que fuera mi esposo, y llorando me ha rogado que no me condene así. No quiere verme partirme en dos.

Él será el esposo que mi corazón ame. Me amará sin condiciones porque es la voluntad de Él. A María se le ama sin condiciones. No me preguntes cómo lo sé. Lo sé.

Lo he abrazado. Mientras lloraba y cantaba —sus palabras son música—, lo abracé y lloré con él. Y le dije: Dios nos necesita, José, porque llegará el día en que se seque toda la tierra y no haya ni un solo rastro de agua y sea todo desierto. Ese día será el llanto de José y María el que hará brotar un paraíso sin infiernos. *Nos miraremos a los ojos, nuestros ojos ancianos, y lloraremos porque entenderemos que amarnos ha sido un milagro. Y el mundo será de nuevo fértil gracias al llanto de amor de María y José.*

Helí, escúchame. Soy una mujer joven y tú el anciano padre del hombre que quiero por esposo. Entiendo. Nada tienes que decir y la decisión es de él, pero mis brazos lo han vuelto un crío de nuevo y el miedo lo ciega. Hace unos días fue a visitarme a la casa de mi madre. Apenas me hice presente, cayó de rodillas y quedó envuelto en fiebres. Deliraba. Hablaba de un niño al que con azotes le enseñaron el temor a Dios y crucificado lo hicieron morir inútilmente. Me tomaba de la mano y me suplicaba que no le diera descendencia, que no lo obligara a enseñarle con azotes, a un hijo suyo, el amor a Dios. Debió morir, me gritaba. Isaac debió morir para que el padre que lo sacrificó se reventara de dolor y entonces no hubiera nunca más un padre que sacrificara a su hijo por temer a Dios. Pero no murió porque Él nos azota antes de salvarnos para que no huyamos de su cobijo.

Todo eso me dijo entre fiebres y llantos.

Mira a esta mujer que tienes frente a ti. Toma mis manos y dame por esposo a José, el tejedor de raíces. Soy la única mujer en el mundo que puede prometerle que nunca más será padre. Será el acompañante de mis sueños. Será el cuidador de la salvación del mundo. Será José, el esposo de María.

Lo salvaré porque puedo impedir los hijos de mi vientre. Las mujeres sabemos cómo hacer esas cosas.

No habrá en el mundo hijos de José y María.

Y fue así como mi hijo, José, desposó a María.

Estoy viejo, su excelencia, pero lo recuerdo como si hubiera sido ayer. Con la muerte de su esposa Melcha, José, mi hijo, se había convertido en una vara seca, de carácter furioso. Sus hijos, al enterrar a su madre, no volvieron más por estas tierras con tal de no toparse con la amargura de su padre. No sé qué más decirle. Disculpe la torpeza de mis palabras. Nunca pensé que algún día tendría que hablar frente un emperador. María siempre ha sido poderosa y con una voluntad galopante. Le diría que ha hecho de mi hijo un tronco sin decisión propia, pero la verdad es que nunca antes lo había visto sonreír. Desde que está con María, la sonrisa de José es un tejido que va del corazón a los ojos de quien lo mira. Sonríe José porque ama a María.

Sé que ella se fue. Me lo dijo José al tercer día de su partida. Volverá al cabo de tres años como lo prometió. ¿Cómo dice? ¿Un ángel? No lo sé. Yo soy un anciano que casi pierde la vida en este viaje al que he sido obligado para servir a su majestad. Comprenderá que llegar hasta Roma ha arrancado de mí un buen trozo de la precaria salud que me queda. No lo lamento, no me malentienda. En mi familia somos hombres de paz. No nos metemos en problemas con el emperador. Sé, porque así me lo han hecho saber sus amables embajadores, que no es prudente hablar de ángeles u otras entidades que no son de esta tierra, enfrente de autoridad tan noble como la suya. No quiero ofender a su excelencia contando historias de ángeles que seguramente no existen más que en la imaginación de hombres como yo, agotados de tantos años de respirar. Solo puedo decirle que el camino de

María será respetado por todos los seres vivientes, pues ella cuenta con la protección de aquel que no podemos nombrar y con eso es suficiente para que nosotros dejemos de hacer preguntas.

Lamento mucho no serle de mayor utilidad, pero no tengo más conocimiento de las cosas que lo que ya le he expresado. Hay cosas, su eminencia, que no tienen mayor explicación, como el día y la noche. Simplemente así tienen que ser. El encuentro de mi hijo con ella y su partida a ese viaje son así, incuestionables. Parte de una historia que ya estaba escrita. Lo que puedo asegurarle sin temor a equivocarme es que esta fábula forma parte de la historia de las almas de un pueblo que nada tiene que ver con el poder de Roma.

Somos pequeños, su excelencia. No repare en nosotros. No pierda su tiempo. La joven María terminará su camino más pronto de lo que esperamos y esto quedará escrito en las historias de la familia de José, hijo de Helí, descendiente de David.

20 Rebeca

¿Alguna vez te has preguntado por qué somos nosotras y no ellos quienes parimos a los hijos? ¿Nunca has tenido hijos? ¿Por qué nadie me dijo que dolía tanto? ¿Te parece muy grande mi vientre? ¿Dolerá así todas las veces? ¿Por qué seguimos teniendo hijos? ¿Todas sienten lo que yo siento? ¿Te dije que los vi en sueños y me dijeron sus nombres? ¿Cómo sé que son gemelos? ¿Por qué cada vez duele más? ¿Crees que mis gritos se escuchen hasta el otro lado del desierto? ¿Guardarás el secreto de que estoy en esta cueva? ¿Si tuvieras un hijo que sabes que será rey, lo dejarías vivir? ¿No sufren mucho los reyes? ¿No se vuelven tiranos, los reyes? ¿Por qué Dios no nos habla cuando parimos?

¿Está bien?, ¿respira?, ¿tiene ojos?, ¿tiene manos?, ¿dónde está su brazo?, ¿por qué no termina de salir?, ¿ese es el pie de su hermano?, ¿está agarrado del pie de su hermano?, ¿así van a estar siempre?, ¿son eslabones de una misma cosa?, ¿por qué duele tanto?, ¿cuál de los dos será rey?, ¿necesito saberlo?, ¿el segundo está bien?, ¿tiene ojos?, ¿tiene boca?, ¿ese es su llanto?, ¿podré distinguir mi llanto del suyo?, ¿podré hacerlo mañana?, ¿algún día?, ¿y si les cambio el destino?, ¿y si los mato?, ¿y si me escapo en este momento y los dejo en tus brazos?, ¿podrías impedir que se hagan reyes?, ¿todas las mujeres tendrán este miedo a que sus hijos sean reyes?, ¿están bien?, ¿tienen ojos?, ¿tienen boca?, ¿ese llanto es el suyo?

¿Cómo voy a distinguirlos?, ¿los querré igual?, ¿serán tan iguales de alma como de rostro?, ¿amarán a su padre?, ¿amarán a su pueblo?, ¿matarán a alguien algún día?, ¿tendrán hijos?, ¿tendrán miedo de tener hijos?, ¿podré reconocerlos?, ¿engañarán a su madre?, ¿traicionarán a su padre?, ¿le servirán a Dios?, ¿sobrevivirán los inviernos?, ¿crecerán fuertes?, ¿serán buenos cazadores?, ¿cuidarán a su madre?, ¿tomarán por esposas a las hijas de esta tierra?

¿Los veré pelear, como Eva vio a Caín y Abel? ¿Para qué quiero la vida, para verlos pelear?

¿Valdrá la pena tanto dolor?

¿Alguna vez te has preguntado por qué somos nosotras y no ellos quienes paren a los hijos?

***

José de mis amaneceres, anoche una mujer parió unos gemelos en mis brazos. Jacob y Esaú, los nombró. Tienes razón. Las mujeres se parten en dos. Esta mujer se partió en dos para dar vida a dos, que se partirán en miles.

Yo no quiero partirme en miles.

21 Esaú

¿Entonces eres tú la que será la madre del Mesías? Es lo que se dice por los caminos. La mujer con la marca en la frente está recorriendo la tierra prometida por Él, para conocerla y así mostrársela a su hijo, nuestro salvador. Sí, eso es lo que se dice.

Eres joven.

Eres afortunada. Si no tuvieras la marca te cazarían como a una liebre. Pero estás marcada por el Grande. Eso te hace intocable. Eres un cuerpo que no se puede tomar. Un cuerpo hermoso, pero prohibido como fruto primigenio.

¿Te gusta? Esta carne es de lo más especial. La cacé yo mismo. No soy hombre de rebaños. Es poco emocionante comer lo que está encerrado en una cerca. La carne de jabalí tiene gusto a peligro, ¿lo sientes? Ahora prueba esta. Para atrapar a este pajarraco tuve que esperar tres días con sus noches. Venía a postrarse a la misma piedra. No soy hombre de estarse en una sola tierra, pero en esta piedra, Dios le habló a mi hermano, así que vine a ver si también me hablaba a mí. No lo hizo. Y dormí aquí un año entero con sus noches con esta piedra como almohada. Nada. Ni una palabra de Dios. Me hablaron muchos demonios, eso sí, pero no les hice caso.

Por eso Jacob es el dueño de todo lo que tus ojos ven. Desde esta cima se puede mirar su territorio. ¿Sabes cuál es la ventaja de no ser dueño de nada?, que puedo recorrerlo todo. Es que yo soy más bien un hombre de correr caminos, ¿sabes? A mi hermano le gustan las piedras. A mí me gusta el aire libre y una buena sopa de lentejas.

No soy hijo de nadie. Tuve una madre que amó más a mi hermano que a mí. Tuve un padre que miró más a mi hermano que a mí.

¿No sientes miedo de recorrer los caminos? Porque si no trajeras la marca cualquiera te cazaría en menos de un día.

No cazo mujeres, pero la mayoría de los hombres sí. Lo que pasa es que yo no busco descendencia. Él no me ha prometido tierra alguna, así que no tengo para qué hacerme de mujer e hijos. Prefiero mi libertad, ¿sabes? En algún tiempo pensé que Él no me amaba, que solo amaba a mi hermano, como mi madre y mi padre. Hoy pienso que me ama más a mí que a cualquiera sobre la faz de la tierra y por eso soy un hombre libre. No tengo amor por persona alguna y no tengo la deuda de hacer su voluntad.

¿María es tu nombre? María de los caminos. Después serás María, la madre del Hijo de Dios, pero ahora que eres libre puedes llamarte como quieras. Podrías llamarte María, la que sigue a Esaú y recorre los mismos caminos que él.

Mi nombre significa «el que tiene vello». No. Ya no lo tengo porque me lo quité. Cuando mi hermano se puso piel de lobo sobre la suya para engañar a mi padre, haciéndose pasar por mí, preferí quitarme todo el vello del cuerpo de una vez y para siempre. Con fuego. Quedaron estas manchas que ves. Son desagradables a la vista y al tacto, pero no es importante porque no tengo que allegarme mujer alguna que me toque. Eres la primera que no me mira con temor. Todas piensan que es lepra. Huyen antes de que pueda explicarles que es la marca del fuego que todo lo limpia.

Una vez cacé a una mujer. Me despreció por mis cicatrices así que la solté a la mañana siguiente. Más le hubiera valido no rechazarme. Otros la cazaron antes de que la primera estrella ocupara el siguiente anochecer. Sus carnes quedaron podridas al sol, manchando los caminos. Por eso una mujer debe allegarse a un hombre, sin importar si este ya tiene una o varias mujeres en su lecho. Y yo pienso que esa es su voluntad. De lo contrario, nos impediría cazarlas.

¿No sientes miedo de recorrer los caminos llevando en tu vientre al Hijo de Dios? No se nota que lo lleves. Tienes el vientre plano. Si no trajeras la marca, nadie pensaría que estás preñada y entonces cualquiera te cazaría en menos de una hora. ¿Estás preñada? Es estúpida mi pregunta, por supuesto que lo estás. Nadie le diría que no.

Por eso cazamos a las que no están preñadas. Porque su voluntad es que poblemos esta tierra y todas las tierras que se miran desde esta cima. La tierra de Jacob, mi hermano, y su descendencia. Yo por eso no cazo, porque no tengo tierras, así que, aunque no trajeras la marca, estarías a salvo conmigo. Y harías bien en ponerte a salvo. Una mujer como tú bien podría allegarse a mi lecho cuando menos para estar a salvo.

¿No has pensado qué pasará si en vez de darle un hijo, lo que te brota del cuerpo es una hija? Podría Él enfurecerse y arrancarte a tu hija de brazos y aventarla por los caminos para que cualquiera la tome. O peor aún, pedirte que la sacrifiques a los pies de un olivo, para que con su sangre se nutra esta tierra y los frutos sean la señal de su perdón. Aunque sería mejor una hija a tener gemelos, eso te lo puedo asegurar. Los hermanos se matan. Debe estar escrito en algún lado, pues no deja de ocurrir. Y si no deja de ocurrir, debe ser su voluntad que ocurra.

Por fortuna tienes la marca y no sabes aún si tendrás una hija, gemelos o al esperado Mesías. Porque si quisieras apartarte de la voluntad de Él y rebelarte a sus designios y decirle que no parirás su simiente, bien te vendría tener un hombre a tu lado que fuera capaz de luchar en su contra para defenderte. Un hombre que piense que tu rostro es tan hermoso que lo tiene tatuado en el corazón. Un hombre que no le tema, porque ya perdió todo por no haber tenido nunca su favor.

Yo tuve su favor. Fui el primogénito. Fui el heredero. Todas estas tierras serían mías de acuerdo a su voluntad. Y tendría mi descendencia tantos hombres como granos de arena tiene el desierto. Tuve su favor y lo cambié por un plato de lentejas. Cuando tienes frío no necesitas ser el primogénito, necesitas una sopa caliente.

Ahora soy libre, pero me siento solo.

Tienes la marca y no puedo cazarte a menos que tú me lo permitas.

¿No tienes miedo de despertar un día y descubrir que la marca se ha borrado de tu frente?

22 Joaquín

En los huesos.

Estoy en los huesos, José. Me acostumbré desde niña. Crecí sabiendo que mi cuerpo tenía que ser ligero para recorrer el mundo. Tengo una hija que va a recorrer el mundo, decía mi padre cada vez que me negaba a comer más de lo necesario. Ana, mi madre, se desesperaba. No te crecen las caderas, decía. Si las caderas no te crecen tendrás hijos que se mueren. Las caderas no les crecen a las exploradoras de mundos, contestaba mi padre para después convencerme cantándome cada pedazo de pan. Comer y cantar, decía. Si no comes María, no vas a poder cantar como tu padre, y la tierra no se recorre con los pies, se recorre con la voz.

Estoy en los huesos. Sueño que tengo hijos que mueren. Nacen muertos o mueren siendo aún niños o más grandes. Pero mueren. Todos mueren.

Los hijos tienen que enterrar a los padres. No llores y entierra a tu padre que pronto será polvo de la tierra. Así son las cosas, así deben ser. Eso me dijo Joaquín, mi padre, la mañana del día que murió. Los hijos tienen que enterrar a los padres. Y tenía razón. Se me partió el corazón con su muerte, pero tenía razón. Mis sueños me atormentan. Me asusta la noche. Los hijos tienen que enterrar a los padres, no al revés.

Estoy en los huesos. Hace una semana comencé a subir esta montaña. El último bocado de pan lo llevé a la boca la noche de ayer, ¿o fue antes? Estoy cansada. Necesito respuestas. ¿Por qué sueño con hijos que mueren? Si estuviera aquí el soñador aquel que interpretaba los sueños, ¿qué me diría?

Siete veces he soñado. Siete hijos que han muerto y en cada muerte ahí estoy, llorando a sus pies. No vine al mundo a ser una madre que llora a los pies de un hijo muerto. Necesito respuestas.

Esta es la montaña en donde Él les habló. A Jacob, a Isaac, a Abraham. ¿Por qué no habría de hablarme a mí?

José, estoy en los huesos. Hay una voz que me canta palabras que no entiendo. No es Él. Es una voz de hombre, dulce. Se parece a la voz de mi padre cuando me llevaba a pastar a las cabras. Me cantaba y decía que eso era muy bueno para que los huesos se hicieran fuertes. La voz, me decía, es como la sangre del alma. Cuando no tengas comida a la mano, canta, María. Inventa las palabras y cópiale la melodía al viento. Pronto te encontrarás cantando con las piedras, con la tierra, con el sol, con las nubes. Hay un concierto ahí afuera que termina de estar listo cuando le pones tu voz. Canta, María. Cuando se te acabe la comida, canta.

Canto. Mis huesos y yo cantamos palabras que no entiendo, pero ya no importa. Al parecer son las palabras de mi padre las que salen de mi boca. ¿Será así, amado mío? ¿Seremos acaso un pedacito de todas las personas que estuvieron antes que nosotros? ¿Tendrá mi voz un pedazo de Sarah, de su esposo Abraham, de Rebeca y su esposo Isaac, de Raquel y su esposo Jacob? ¿Será que la voz de Dios solo la escuchamos cuando escuchamos la voz de todas las almas que estuvieron antes que nosotros?

En los huesos el oído se agudiza. El último bocado de pan aún suena en la mandíbula. Truena. Mastica sola la boca. No me pide permiso. Mastica aire, arena, sudor, hambre.

José de mis anocheceres, estoy agotada, en los huesos. Esperando. La montaña no habla. Dios no habla. Pero hay millones de voces que cantan junto con la voz de mi padre. Es el paisaje más hermoso que haya escuchado jamás.

Dios mío, ¿por qué me has abandonado?

23 Mahalat

¿De qué lado estás? Siempre hay dos lados. No tiene so-
lución. Desde Caín y Abel. Eso aprendí de mi padre y
mi tío. ¿Tú de qué familia vienes? ¿Caín o Abel? ¿Isaac
o Ismael? ¿Jacob o Esaú? Así le pregunté a la mujer que
pasó por aquí con la marca en la frente. No me quiso
decir. Para salir del tema me dijo que ella venía de todas las familias. Que de una u otra manera venía de
todas las familias. Lo cual no es posible, pero no quise
contrariarla porque su paso era veloz. Me compró un
poco de queso y pan y siguió su camino. He de decir
que tenía la mirada extraviada.

   ¿Usted es su esposo? ¿Cuál es su nombre? Mire, señor
José, yo no puedo decirle hacia dónde se fue porque ni
siquiera sé de qué familia es usted y por aquí eso es muy
importante. Es como un tejido, ¿sabe usted? Si viene de
una familia, los rencores se tejen hacia un lado, pero si
viene de otra, se tejen para otro. Lo mismo pasa con las
bendiciones. Si es usted de la familia apropiada le en-
tregaré mis manos llenas de bendiciones junto con esta

leche y este pan. Si no lo es, me parece que tendré que gritarle las deshonras que le debe a mi pueblo y se irá con las manos vacías y unas piedras por sombrero. Por estos rumbos no le vendemos comida a los infieles, los apedreamos.

Los infieles son los que son del otro lado. Por eso es esencial saber de qué familia viene.

Es lo natural. Pasa siempre con los hijos. Si bendecimos a uno, la maldición cae sobre el otro. Cuando protegemos al otro, desprotegemos al uno y así se teje el odio. No tiene mucho remedio porque así se hizo desde Caín y Abel. Yo por eso quise tener muchos hijos, para que el odio se diluyera entre más personas. Pero aún así, siempre hay un primogénito y un no primogénito.

Si usted es el primogénito, debe cuidarse las espaldas. Si no lo es, debe afilar su daga. Usted parece que no es ni lo uno ni lo otro. Es decir, le tocará observar la masacre. De todos modos, en algún punto tendrá que decidir si está de un lado o del otro, pero por lo menos no será su mano la que desate la tragedia, ni su espalda la casa de un odio apuñalado. A quienes estamos en medio nos toca limpiar la sangre.

¿Se llama María, la mujer de la marca? ¿Es hija única? ¡Qué suerte! Esperemos que no tenga más que un hijo, así no tendrá que ver cómo se mata con su hermano.

Usted parece de la familia de este lado. Con los años se aprende a reconocer. No es cosa de la piel, es cosa de la mirada, ¿sabe? Quienes estamos de este lado miramos así como usted. Los del otro miran al revés, seguro los ha visto. Así ha sido siempre, desde Caín y Abel.

Su esposa se fue hacia la montaña. El problema de esa montaña en particular es que hay un punto en donde tiene dos caminos. Si se sigue el correcto, se llega a un delta. Ahí la comida es abundante. Por el otro, lo que hay son huesos del desierto. Ni gota de agua, ni árbol seco que dé sombra.

Esperemos que haya llegado al delta. Ahí hay un cruce de dos ríos que con fuerza pelean para ver cuál de ellos tiene más afluente. Es hermoso. Una batalla titánica que no tiene final. Así ha sido siempre, desde Caín y Abel.

24 Ehyé

Lavaréis vuestros pies.

Guiaréis vuestros pasos limpios por donde mi voluntad os mande. Esa es mi palabra y mi palabra es lo primero y lo último.

Lavaréis vuestros pies tres veces.

La primera, haréis una reverencia a mi nombre porque mi nombre es el antes del todo. Es el principio y el fin.

En la segunda, veneraréis el nombre de mi hijo aunque aún no haya sido concebido. Porque mi hijo es el hijo del todo, carne de mi carne, sangre de mi sangre.

La tercera vez, enjugaréis vuestros pasos limpios en lágrimas vertidas por vuestros ojos y los de vuestra descendencia. De este modo veneraréis los pasos que se anduvieron antes de los vuestros y los que fueron antes de esos y es en nombre de esos pasos, de esos pies, que os unjo en bendiciones y abro mis ojos para mirar las doce tribus de los hijos de Jacob. Mis ojos robustos mirarán vuestro andar así como lo soñé desde el principio.

Es cierto que en el principio fui un caos. Hoy, por fin, el mundo está ordenado. ¡Tengo tanto por mirar! Haced, amados míos. Haced el mundo, que os estaré mirando.

Lavaréis vuestros pies tres veces y después de honrar y venerar lo que os mando, verteréis nuevas lágrimas. Sí, deberéis llorar mil veces para romper el barro con el que habéis sido creados y nacer de nuevo. Y lloraréis una vez más para surcar la humedad que os permita caminar en el desierto.

Andaréis cuarenta años con los ojos de Dios y elevaréis tres veces al cielo la oración al Padre Creador. Oraréis por mí y para mí porque así os he mandado, pero no siempre habré de responderles porque el silencio es mi libertad.

Soy Dios y estoy enamorado de vuestras lágrimas, así que no dejaréis de llorar para mí.

Las palabras que escucháis son las mías. Aún soy joven. Soy vida, soy espíritu. Soy el Principio y el Fin, el Antes y el Después, el Cielo y la Tierra, el Paraíso y el Infierno.

Abro los ojos. Admiro mi obra. Doce tribus.

El barro, mi creación, el orden, los frutos como cebo, los hermanos que se matan, mi ejército de ángeles, la larga noche de los cuarenta días, las estatuas de sal, el agua por todos lados, los hermanos que se matan otra vez, la leche y la miel, mi pueblo que no se arrodilla, un plato de lentejas, mis profetas y por fin las doce tribus.

Suficiente para convencerme de que no me equivoqué. Doce tribus hechas a mi imagen y semejanza. A quienes guiaré y seguirán mi mandato.

¡Escuchad, pueblo mío! Sois mi creación, mi palabra hecha carne. Caminad, pues, y encontrad la libertad que os mando tener.

Sois mi luz.

En el principio fui un caos.

Celebro.

Hoy sois mi luz.

***

Luz Verdadera, ¿por qué te has apagado? Ilumíname. Luz Verdadera que iluminas a toda criatura que vino a esta tierra, no te desprendas de mi alma. Sé la guía de mi camino. Si la muerte es el destino, he de llegar a ella sin un reclamo. Si la muerte es el encuentro contigo, Luz Omnipresente, bienvenida sea, la bendigo. Pero si la suerte de toda la creación está en mis manos, Luz Verdadera, dame una señal. Soy solo una mujer de barro que no ha parado de llorar y recordar. Caminando han venido las memorias de todo aquello que ocurrió antes de mí, desde el principio de los tiempos. ¿Qué fue de las doce tribus? ¿A dónde se perdieron?

Busco la Luz. Para eso camino con el permiso de Dios. Yo, la que aún no es madre de su hijo, la primera, la señalada, la elegida. Busco la verdad. ¿Será mi destino el mismo que el de las doce tribus?

Padre nuestro que estás en los cielos, santificados sean tus pies aunque nunca hayan pisado la tierra que creaste. ¿Es por eso que este camino está tan árido? ¿Por qué es todo tan incierto? ¿Cómo sabes que no nos mandaste a soñarnos dioses con los pies enterrados en arenas movedizas?

No me guías Tú, me guía el camino, porque al caminar el mundo estoy caminando mi espíritu, aunque no encuentre la respuesta que estoy buscando. Si no soy la madre de tu hijo, ¿se acaba todo? ¿Dejaremos de pisar esta tierra? ¿Tienes que ser padre para recuperar tu creación?

No escucho tus palabras, Señor. Me tuviste caminando en círculos.

No me hables más, entonces. Si es tu decisión el silencio, no me hables más. Sigo mis pasos. Lavo mis pies y sigo mis pasos.

Camino. Con mis pies de barro que, de tanta lágrima, no dejan de romperse. Camino con mis pies de barro. Soy María, la madre de nadie, la esposa de José, la elegida para lo que no pidió. La que te rechaza. No soy la esclava del Señor. En el principio no entendía el caos. Hoy enciendo esta luz.

Presta atención. Mi historia es la más grande jamás contada.

II ÉXODO

Salid de la tierra en donde estáis e id a
la tierra que os muestre. Lo haréis siempre.
Dios

1 Jocabed

Había que parir.

Fue la estrategia que nos indicaron. Seremos más, nos decían. Y si nos matan, seguiremos pariendo para que seamos más. Y así es el orden de las cosas. Si el primero es muerto, el segundo será el primero y así como los árboles retoñan, son los vientres la fuente inagotable de nuestras doce tribus. Los vientres de nuestras mujeres retoñarán a los guerreros que necesitamos para liberarnos de la esclavitud.

Nos hicimos más. Nuestros vientres esclavos le sirvieron a nuestro pueblo esclavo para ser libre.

Y entre más nos hacíamos, más despertábamos la envidia del Faraón. Nuestros hijos no morían y nuestro linaje era fértil como el delta del río. Ordenó ahogar a los primogénitos.

Y fue entonces cuando nos mandaron parir aún más. ¡Más hijos!, nos gritaban, tenemos que tener más hijos del pueblo de Dios.

No tengo la cuenta de los hijos que parió mi vientre. A todos los hombres los mataron a excepción de uno.

Y las mujeres, apenas entraron en edad, comenzaron a parir. Ese fue el principio de la liberación.

A mi hijo, el que no murió, lo salvé entregándolo en una canasta al río, que a su vez lo entregó a la hermana del Faraón, que a su vez me lo entregó para amamantarlo como su nodriza, gracias a lo cual pude verlo crecer. Mis hijas murieron. De tanto parir, se les deshizo el cuerpo.

Somos las cabras de este pueblo. La sangre de nuestros partos ha teñido el río, pero hemos mantenido el rebaño poblado. Nuestros corderos poblarán una a una las doce tribus hasta que haga falta, hasta que venga el Cordero Divino. El que no han de matar al nacer. Esa es la voluntad de El que es.

¿Cuántos hijos tienes tú? ¿Ninguno? Eres afortunada.

¿Qué se siente no ser una cabra?

2 Séfora

Yo también tuve la marca. Me habló. Debes empujar a tu esposo, me dijo. Tiene que hacer lo que tiene que hacer.

A Moisés lo conocí defendiéndome de unos ladrones y desde entonces me trató como a la más dulce de las criaturas. Estaba huyendo de su linaje. Creció pensando que era el sobrino del Faraón y resultó ser uno más del pueblo esclavo. Desde entonces su cabeza no estuvo en paz hasta que nos encontramos y me entregó su corazón para que cuidara de él. Y así lo hice hasta que Él nos habló.

La tarea de Moisés era liberar al pueblo de Dios de la esclavitud. La encomienda me llenó de ilusión. ¿Armará ejércitos para ti?, le pregunté. ¿Levantará un camino amurallado para que puedan salir sin que las huestes del Faraón los maten? O, mejor aún, ¿construirá un puente en el que solo podrá caminar el pueblo elegido?

No. El Faraón deberá liberarnos por su propia voluntad y nos iremos andando.

Y fue así como Moisés, mi amado Moisés, iba una y otra vez a ver al Faraón, a hablarle con las palabras con las que Yahvé le hablaba, y a cada negativa a nuestra petición de libertad, venía una calamidad para nuestros pueblos, tanto el pueblo amo como el pueblo esclavo porque, aunque a nuestro pueblo no lo atacaron las plagas, tuvimos que mirar el desastre en nuestros vecinos.

El río se hizo sangre, los peces fueron envenenados, llovieron ranas, piojos, moscas. El ganado murió. Y Moisés vuelto loco discutía con Yahvé y le rogaba que se detuviera. ¿Para qué tanta destrucción?, le gritaba. Si tanto es tu poder, sácanos de aquí de una buena vez y deja de hacerle daño a esta gente. Haznos de humo o de barro y llévanos en una polvareda hasta nuestra tierra, pero deja de matar de hambre a este pueblo cuyo único pecado es obedecer a su Faraón. Pero el corazón de Él estaba endurecido como una roca. Lo único que quería era aplastar a quien osaba desobedecerle. El pueblo del Faraón se llenó de llagas en la piel, granizó fuego, langostas oscurecieron el paisaje, y ni con eso los corazones duros de Dios y del Faraón tuvieron suficiente.

¿Tienes el poder?, le preguntó Moisés. ¿Tienes el poder de liberarnos sin hacer más daño a este pueblo? Yo soy el todo, respondió. Todo lo hice y todo lo puedo. ¿Y entonces por qué te empeñas en hacer sufrir a una nación entera por el capricho de un gobernante? ¿No tienes misericordia?

Y llegó la oscuridad. Tras ella la muerte. Yahvé asesinó a todo primogénito del pueblo del Faraón, incluyendo al del Faraón mismo. Llegó entonces la libertad.

Moisés emprendió el camino con su pueblo tras de sí. Arrastraba una alforja con unos cuantos panes sin levadura y el peso de miles de almas a cuestas. Soy el sicario de Dios. No soy un profeta, soy un asesino a sueldo, murmuraba. Tú me pediste que le hiciera caso. Yo quise huir, tuve miedo y quise escapar de su voz, pero a ti te convenció, me decía.

Le dije que sí. A Él no se le puede decir que no a menos que quieras correr el riesgo de que asesine a tu primogénito. Alimenté el alma de Moisés con fantasías proféticas y libertarias. Le hablé del lugar que tenía que ocupar en el rompecabezas del mundo. Lo convencí de que su voluntad no era desalmada, que todo tenía un sentido y una razón de ser. Le hablé del sacrificio que teníamos que hacer para ser otra vez el pueblo de Dios.

No sé si le mentí. No sé si Él nos mintió. Su voz fue tan clara. ¿A quién debe obediencia una mujer? ¿A su Dios o a su esposo? Su voz era tan clara.

3 El Roi

Tengo preguntas.

—¿Por qué quieres que pase por mi cuerpo?

—Porque vuestro cuerpo es la vasija perfecta. La he perfeccionado durante 143 generaciones.

—Tú eres el padre de los primeros. ¿Quién fue la madre?

—Yo mismo. Antes de hacer los primeros cuerpos como el vuestro, experimenté con el mío.

—¿Dolió?

—Sí.

—¿Puedes quitarle el dolor?

—No.

—¿Por qué no?

—No tengo cada respuesta. No todo es perfecto. Es lo mejor que he podido hacer.

—Pero sabes que duele.

—Lo sé. Por eso solo lo hice dos veces. Después lo repartí entre las que vinieron antes de vos.

—Tu repartición es injusta.

—Es lo que es.

—¿Recuerdas lo que se siente parir?

—Eso no se olvida nunca.

—Cuéntame.

—¿Ya estáis lista para aceptar ser la madre de mi hijo?

—¿Será un varón?

—Sí.

—¿Por qué?

—A vos os toca parir. A él le toca morir porque no puede parir.

—Tu repartición es absurda. Trae dolor por todos lados.

—Es lo que es.

—Es absurda.

—¿Estáis lista?

—No. ¿Me vas a contar lo que se siente?

—Lo mismo que os han contado, pero multiplicado por millones. El dolor de Dios es del tamaño de Dios.

—Si te dolió parir a los primeros, ¿te dolió perderlos?

—Todos duelen. De alguna o de otra manera duelen. Porque mueren, duelen. Porque viven, duelen. Están conectados a mí. Son millones de hilos que jalan mi ser. Sus dolores son los míos. Vuestros dolores son los míos.

—¿Te gusta?

—Es lo que es. No ha sido de otra manera.

—¿Qué había cuando no existíamos?

—Desorden. Después, silencio. Después, demasiado silencio. Inventé la soledad, rompí en llanto y descubrí el dolor, parí a los primeros y los conecté a mí para que nunca pudieran abandonarme.

—Y si estoy conectada a ti, ¿por qué puedo desobe-decerte?

—No tengo cada respuesta. No todo es perfecto. Es lo mejor que he podido hacer.

—¿Cuándo inventaste la risa?

—No la inventé yo.

—¿Ríes?

—Sí. Hay gracia por todos lados.

—Había gracia en los brazos de José, en mis pensamientos antes de escuchar tu voz, en las risas de las mujeres de mi pueblo. Ahora se aprisiona mi pecho de tanta muerte.

—Si estuvierais donde yo estoy, encontraríais la gracia de eso.

—No puedo ser tú.

—También sois yo. Lo seréis cada vez más. No seréis capaz de verlo hasta que lo veáis. Pero seréis cada vez más yo.

4 Lilith

Y fue así como el séptimo día detuve de nuevo mi andar. El descanso me hunde en los pensamientos. Ya son muchos séptimos días sin verte, José de mis amaneceres.

El mar es inmenso. Me hundo en él, en mis pensamientos, en tu recuerdo.

Evocarte me ayuda a entender. Soy la única mujer a quien Él le ha hablado. Soy la única que tiene su permiso para desobedecerle. Con cada paso que me ha traído hasta este océano he comprendido que yo soy la única de muchas cosas. Me he preguntado por qué. Ahora lo sé.

Yo soy.

Soy la memoria viva de un linaje cuidadosamente señalado. Soy el engranaje entre un experimento y otro. La mezcla más preciada del Alquimista. Yo soy.

Yo soy.

Yo recuerdo.

Recuerdo mientras observo las olas ir y venir. Vuelvo a hilar las palabras de José y María. Los recuerdos de ti, mi amante, son lo vivo en un cementerio de historias que ya no significan nada. Cada caricia, cada palabra que se ha dicho en esa cama que aparece cuando cierro los ojos, es la efervescente viva que bombea sangre a mi corazón.

—¿Para qué muerdes las yemas de mis dedos?

—Truco de ebanista viejo. Es para que sientas más.

—¿Qué cosa?

—Todo. Cada parte de mi cuerpo, mi lengua, mis labios. Quiero que toques y que tus dedos se diviertan tanto como mis ojos.

—Mis ojos también se divierten. Eres hermoso.

—Tú eres hermosa.

—Tú eres hermoso.

—Yo soy un viejo.

—Yo soy un alma vieja.

Yo soy.

Yo recuerdo.

Yo sueño.

Sueño con volver a tus brazos, trenzarme en las piernas de mi tejedor de raíces, tomar tu cadera y mirar los cientos de maneras en las que te cambia la luz en los ojos. Soy la exploradora de tu cuerpo.

Sueño con recorrer los caminos, los mares; observar los miles de rostros que acompañan las historias del mundo. Conocer de los sabios y de los que nada saben. Probar los sabores del mar y del desierto. Soy la exploradora de su creación.

Soy la que comprende el adentro y el afuera.

Yo soy.

Yo recuerdo.

Yo sueño.

Yo deseo.

Deseo que estés aquí, José, entre mis dedos que tienen más memoria que la mirada perdida en el vaivén del mar. Mis dedos, el vaivén.

—No voy a darte mis caderas hasta que te comas estos dátiles. Come de mi mano, señor mío.

—No voy a comerme esos dátiles hasta que no me des tus caderas. Como de tu cuerpo, señora mía.

—Los besos que quiero son los que saben a dátil y deseo.

—Los besos que tengo son los que saben de tus caderas, María. Muero de sed.

Dátiles, tu boca, mis caderas. La trinidad de este placer sagrado nos acompaña desde que el sol se pone hasta que amanece. Así es el séptimo día, para José y María. Así lo recuerdo. Así lo revivo.

¿Quién inventó la memoria? ¿A dónde van los recuerdos que ya no recordamos? José, soy un alma vieja en cuerpo joven, añorando al viejo de deseos inocentes.

Te recuerdo a ti y en este camino también he empezado a recordar a los que vinieron antes de ti. Porque al ser yo la que soy, mi cuerpo es una torre de Babel habitada por lenguas que nunca había escuchado. Me invaden recuerdos de cuerpos que no son el mío.

Yo soy el recuerdo de todas las que vinieron antes de mí, como aquella primera de la que nadie habla, a la que nadie recuerda. Yo la recuerdo porque también soy yo.

Yo soy.
Yo recuerdo.
Yo sueño.
Yo deseo.
Yo comprendo.
Comprendo que soy hija de una que nació del deseo y así mismo me engendró deseando. Y ella fue hija de una a la que engendraron en un mar de pasiones, quien fue hija de otra que fue engendrada con fuego y así hasta el principio de los tiempos. Desde la primera de todas que fue engendrada por el deseo creador de Aquel que todo lo ha creado para satisfacer su deseo de crear y de darnos todo lo creado. Estirpe única que solo viene del deseo como ninguna otra. Las demás están manchadas por el horror.

Yo soy.
Yo recuerdo.
Yo sueño.
Yo deseo.
Yo comprendo.
Yo recibo.
Recibo todo lo creado y me envuelvo en gozo como las olas del mar se acarician a sí mismas.
Yo también soy el verbo hecho carne. Una carne que desea a José.
La creación. José. El mar. Tus dedos en el recuerdo de los míos. El éxtasis de elegir la vida.
Así es este séptimo día en la historia de la que camina. María.

5 Moisés

Pan del cielo, doce fuentes y setenta palmeras. El mar en dos mitades, agua dulce donde solo hubo agua salada, miel de las piedras. Eso les dio su Dios para que lo siguieran y de todos modos acompañaron sus pasos con quejas, llantos, reclamos. Una y otra vez exclamaron al cielo y a la cara del maestro su descontento. ¿Para qué nos sacaste de Egipto?, le gritaron. Allá estábamos mejor, no teníamos que dormir a la intemperie y comíamos carne hasta hartarnos.

Doscientos pasos más y volvían a lamentarse: ¡Nos has condenado a morir sin agua en este desierto! ¡Nos has condenado a que nos maten los ejércitos del Faraón o nos ahoguemos en este océano! ¡Estamos atrapados por tu necedad y la de ese Dios que dices que te habla y que te manda a mandarnos!

Y justo cuando iban a maldecir a mi esposo y al Dios que nos daba instrucciones, maná caía del cielo, el agua más dulce y fresca salía de las piedras y entonces todo era regocijo y agradecimiento hacia el Dios y el maestro que era el mensajero del Dios.

Pero ese pueblo de Moisés era un pueblo necio. Nada los tenía en paz. Nada les daba contento definitivo. Escúchame bien, los esclavos se hacen bestias con miedo en vez de sangre, porque la sangre está hecha de libertad o de miedo. Y el problema con la esclavitud es que se mete en el cuerpo como una maldición y si no te curas, te haces esclavo o tirano, pero enfermo quedas hasta la muerte. Y aunque resucites, el mal sigue contigo.

El pueblo de mi esposo empezó a caminar siendo esclavo. Enfermo de sumisión. Apesadumbrado por el miedo y con miseria en los pulmones.

Tienes un esposo, mujer, y lo amas, entonces puedes comprenderme. El corazón dolido de Moisés era el corazón dolido de la que te habla. Mi piel es de ébano y mi corazón, rojo como el de cualquier habitante de cualquier pueblo elegido, porque mi corazón fue elegido para ser la esposa del maestro de los que caminaron cuarenta años por el desierto. Tú lo has de guiar, me dijo la voz de su Dios en los sueños. Por el desierto que bien conocen las que son como tú, lo has de guiar y lo has de llevar hasta la tierra que les prometo. Y esa tierra será tan tuya como de él y de todas las almas que les sigan por el desierto y que se hagan libres escuchando mi voz.

Y de ser una esclava, me hizo su esposa. Ni la mujer ni el pueblo de Moisés serán esclavos nunca más, me dijo.

Y de ser su esposa me hice su guía, su consejera más estricta y leal. Noches enteras discutíamos sobre la voluntad de Aquel que se presentó como zarza ardiente. El alma de mi esposo era temerosa como la de los hombres que son esclavos por mucho tiempo. El miedo se les atora en la garganta y escupen gritos o golpes para no llorar. Solo mi voz le tranquilizaba la furia. La voz de su «ángel negro», como me llamaba. Mi voz, que le recordaba la libertad. Yo le hablaba libre, para que él les hablara libre. Yo le tomaba de la mano, para que su oración fuera clara.

Este es el camino, le dije. Yo te guiaré. Lo he andado muchas veces en esta vida y otras tantas en las otras vidas. Seré tu mujer y acompañante. Tomaré tu mano y te daré fuerza cada vez que tengas que hablarles de lo que Él manda que les hables. Me quitaste de ser esclava y entre el agradecimiento y el mandato de su voz, brota de mi cuerpo el deseo de abrazar tu camino, el más difícil de todos los caminos, el que tiene que recorrer quien guía al pueblo del que saldrán otros miles de pueblos.

El camino será guiado por Séfora y Moisés, como ha sido mandado por su voz. Te guiaré por los caminos que conozco como la palma de mi mano, como todas las que nacieron en el pueblo en el que yo nací, porque el desierto nos hizo hembras que sobreviven a las tormentas, sequías y heladas. Tú serás mi Dios y me guiarás para que comprenda sus palabras, por la gracia que te fue dada en forma de báculo y por la sabiduría del que fue hermano del poderoso y del esclavo al mismo tiempo. Nuestras sabidurías, Moisés, serán el mejor mapa para guiar a este pueblo.

Pero el pueblo es necio y no dejó de añorar los años de esclavitud.

Hay que comprenderlos, me decía Moisés. Fueron esclavos cuatrocientos años. No hay memoria de ningún antepasado que les recuerde a qué sabe la libertad. Hay que comprenderlos, me decía con sus ojos sabios.

Y decidimos caminar por las rutas de la comprensión y de la paciencia. Las distancias se hacían cada vez más largas porque la libertad estaba oculta en los laberintos entre el vientre y el orgullo, y para llegar a ellos hay que andar en círculos hasta que se vaya cansando la estupidez. Cuando la estupidez se cansa, aflora el amor, echa raíz la sabiduría.

Las generaciones de esclavos comenzaron a morir dejando tras de sí a recién nacidas almas que aprendieron a ser errantes. Las historias de la sumisión se quedaron aún tres generaciones más hasta que, por fin, los nietos de los nietos de aquellos que fueron esclavos apenas tenían memoria del pasado y en sus pasos había la firmeza de la libertad. La belleza se hizo presente. Estaba la mesa puesta para que germinara la sabiduría.

Esta con la que hablas ha visto mucho mundo. Mis pasos alguna vez fueron ansiosos como los tuyos y guardo recuerdo de las bellezas del mundo. La perla de mis memorias ha sido ver el nacimiento de los hombres libres. Nos tomó cuarenta años, pero conseguimos enterrar el miedo.

Por eso, embelesada por la belleza de la historia que tejíamos, no pude ver que una nueva semilla de esclavitud se estaba sembrando, creciendo y dando frutos. Moisés, el maestro, el mensajero, mi esposo, había ocultado nuestros haceres. En principio me hizo creer que era una estrategia. Va a ser más fácil que me sigan a mí solo, decía. Este pueblo no te conoce y corremos el riesgo de que en medio de un ataque de desesperación te maten. Recuerda que ansían volver; si saben que eres tú quien guía en realidad, nos van a despedazar y su palabra se perderá. Deposita tu conocimiento de los caminos en mis oídos. Yo seré su mensajero y el tuyo. Confía en mi voz. Este pueblo está acostumbrado a mi voz, de esa manera será más fácil.

Y mi voz se fue escondiendo detrás de sus oídos.

Y tras mi voz, la voluntad, los consejos y opiniones que nacían de mi alma. Y después, las alegrías, los deseos y hasta los pensamientos más inofensivos. Me fui haciendo su esclava. El mal de la estupidez nos invadió. A él lo convirtió en tirano y a mí en esclava.

Y cuando un esclavo de la tiranía empieza a decidir solo, las únicas ideas que pasan por su cabeza son estrategias para tener más esclavos.

Inventó miles de leyes. Son las leyes de Dios, decía, pero yo sabía que era mentira. Hubo unas leyes de Dios que escribimos en piedra. Las que hablaban de la libertad y la belleza. Las que nos recordaban nuestra pequeñez y nuestra grandiosidad. Las que nos dio para aliarse con nosotros y que aprendiéramos a elegir la vida, siempre la vida. Las que nos pidió que transmitiéramos al pueblo libre que estaba naciendo.

No sé en dónde quedaron esas leyes. Mi esposo, el tirano, las escondió entre las absurdas que inventó y escribió, y ahora, como soy esclava, no logro distinguir unas de otras. Me hice obediente a su palabra y traicioné a Dios. Rompí el primero de los mandamientos de la ley que nos fue dada: Amarás tu libertad por sobre todas las cosas, decía. Algo así decía. No lo recuerdo bien, pero algo así decía.

No estás aniquilando tu libertad, me decía. Manda Dios que obedezcas a tu esposo. Lo estás obedeciendo a Él cuando me obedeces a mí. Es lo que toca a las que son como tú, que para eso te hizo vientre que guarda mi simiente. Obedece. Es su voluntad. Obedece y entonces todas obedecerán, y llegaremos y poblaremos la tierra que nos prometió. Obedece, mujer. Es su mandato, no lo rompas.

Mintió. Y con su mentira, Dios dejó de hablarnos. A Dios le da tristeza la estupidez y se queda mudo con la tristeza. No ha vuelto a hablar desde entonces.

No me digas nada. Si está hablando contigo es mejor que no me lo digas, porque no podré guardar el secreto. Mi pecho esclavo tiene las puertas flojas y las llaves entregadas. Si Él habla contigo guarda el secreto, antes de que la envidia de los hombres te sacrifique como cordero en el templo. Sigue caminando. Olvidaré que te he visto. Espero que nadie me pregunte porque no confío en mi lengua.

Camina.

Camina.

Huye.

Guarda el secreto y huye.

6 Aarón

necesitamos liturgia Moisés haremos que salga de la ley
y será hermosa un acto de su amor al pueblo elegido
concentra los ojos en escribir que esa es tu labor yo seré
su instrumento para embellecer el mandato tú su instrumento para escribirlo tendremos además de la ley la historia escrita de cómo El Más Grande se hizo y nos hizo
a su imagen y semejanza y contaremos esa historia con
las palabras más hermosas que existan sobre la faz de la
tierra y cada lengua que cuente esta historia tendrá que
elegir palabras importantes o inventar unas nuevas puesto que esta será la historia más grande jamás contada
y no puede contarse con pequeñeces porque hemos entendido a través de su voz y tu traducción querido hermano que fuimos traídos a este mundo para recibir y
completar su obra para ser parte de ella y cada quien tiene que hacer su labor la tuya es hacer la ley la mía trans-
formarla en poesía para todos los días para que sus hijos
se levanten y adoren de igual modo el milagro de la luz
del sol y el milagro de su voz la que nunca escucharán

porque El Que No Se Nombra no habla con todo el mundo solo con los profetas y los maestros como tú eso debemos recordar tú eres el maestro más importante que se halla con vida así que debemos cuidarte y protegerte hasta que termines de escribir su ley ha venido tu mujer y tuve que echarla para que no distraiga la labor gritó a los cuatro vientos que estás enfermo que desde hace meses que el alma se te ha ido del cuerpo y que necesitas que ella te cuide para bajarte esas fiebres es una necedad su palabra esas fiebres son su dictado te miró a la distancia y con reclamos demoniacos insultó nuestra divina tarea se está muriendo en esa oscuridad necesita la luz del sol gritaba no la escuchaste gracias a esa sordera que te tiene encerrado lejos de las torpezas del mundo esa también la mandó Él yo lo sé sabes cómo lo sé porque si yo fuera Él haría lo mismo te encerraría sordo y sin piernas solo con los ojos y las manos a disposición de la escritura si yo fuera Él te liberaría de todas las personas que te alejan de la divina tarea y las mandaría a quemar vivas para poner el ejemplo y que nunca más nadie tenga la intención de acercarse a los que escriben o traen consigo la escritura porque si algo hemos aprendido es que a veces las obras grandes requieren sacrificios y acciones determinantes una plaga o un diluvio en el momento correcto cambian el rumbo de la historia no podemos hacer plagas no somos dioses pero un incendio a tiempo puede salvar muchas palabras indicadas y borrar las que estorben así debemos obrar a su imagen y semejanza qué bueno que me tienes a mí hermano del alma para proseguir con la magnificencia del plan y no tambalear con las debilidades del mundo haremos ceremonias importantes y las llenaremos de olores exquisitos para que el pueblo tu pueblo se sienta querido y protegido por su manto y contaremos y cantaremos alabanzas para que no se les olvide su grandeza y la nuestra aunque entendemos que nuestra grandeza no es la suya pero al ser sus vehículos compartimos un poco de su halo y no es correcto renegar de ello sería pecado sería bueno definir con claridad los pecados y dejar ciertos espacios a decisión futura para los pecados que necesitemos registrar después quizás escribirás todo lo que Él ordena pero no tendrás tiempo de escribir sus prohibiciones esas podemos escribirlas nosotros los que haremos la liturgia y propagaremos la palabra hablaremos del verbo y lo ejecutaremos quién mejor que nosotros para hacerlo nosotros que hemos estado aquí mirando cómo las carnes se esfuman de tu cuerpo dando lugar a la palabra tu sacrificio será recompensado yo lo sé porque el sacrificio es importante para Él y lo sé porque si yo fuera Él pediría el sacrificio de mi pueblo como muestra de respeto a la alianza y si yo que soy su sacerdote lo pienso significa que fue puesto en mi pensamiento por voluntad divina no mía si yo fuera Él querría que alguien como yo fuera su voz en la tierra porque Él no puede tener voz en la tierra no todos los oídos son dignos de escucharle por eso existimos las personas como nosotros bueno por el momento solo estoy yo pero ya verás seremos muchos los sacerdotes que predicaremos su palabra y yo como el primero que fui con su gracia por sombrero seré el supremo no tan grande como Él por supuesto pero grande por mandato de Él eso también tienes que ponerlo en la ley pero quizás en esta no tendremos que hacer otras leyes que se sumen a esta para hablar de nosotros y de nuestros templos querido hermano tendremos templos por supuesto porque en algún lugar tendremos que rezar y contar la historia del mundo para que pueda ser contada una y otra vez y todas las veces que sea necesaria hasta que los pueblos no solo el tuyo sino todos los pueblos entiendan que es esta la historia y no otra será la historia mejor contada de todas de cómo los hombres nos hicimos dioses porque Él así lo mandó y de cómo sobrevivimos a su ira que después se convirtió en paciencia y por último en bondad por supuesto su mandato tiene que convertirse en bondad y tiene que dejarnos a nosotros el orden no dudo de su grandeza pero si nos ha mandado a completar su obra tiene que permitirnos obrar en su nombre así que en nombre del que no se nombra construiremos y destruiremos lo necesario es lo justo de qué otra manera te explicas que nos haya hecho a su imagen conforme a su semejanza si no es para obrar a su imagen conforme a su semejanza yo lo sé porque si yo fuera Él querría que alguien como yo hiciera el trabajo sucio para entonces convertirme en bondad y sacrificarme por los males del mundo exhibir mi cuerpo doliente y desnudo por todos los templos de todos los pueblos y embarrar en las caras de los fieles mi bondad infinita mientras mis sacerdotes hacen el orden que se tiene que hacer

Eso haremos, Moisés. Eso haremos y eso contaremos. En el principio fue el caos. Ahora comienza el orden que se tiene que hacer.

7 Magdalena

Este es mi cuerpo, le dije. Esta es mi sangre.

Y así tomó mis palabras y las multiplicó por miles, junto a los panes y los peces. La multitud lo agradeció. Las palabras, los panes y los peces.

Ocurrió en los tiempos en los que éramos catorce. Después Él se fue.

De los trece que quedamos, uno decidió vivir en un árbol y se enterró una cuerda entre las ramas del cuello por culpa del peso de treinta monedas.

Los once y yo nos dedicamos a multiplicar la palabra que nos fue dada, según la instrucción: hablar poco a poco, con la verdad y el amor por delante. Al principio no funcionó. No los escucharemos porque no traen magia, ni panes ni peces, nos dijeron. Mejoren su actuación y entonces tendrán un público dispuesto.

Y nos fue dada la magia. El que partió primero volvió con un cargamento de milagros y nos los repartió en canastos de igual tamaño para cada quien. Doce canastos para los once y para mí.

Los once y yo nos dedicamos a curar enfermos, aliviar leprosos, levantar muertos. Eran tantos los habitantes de la miseria como lo son ahora. Las cosas no han cambiado mucho a pesar de las eternas promesas de eternidad, pero los milagros repartidos siempre vienen bien, sobre todo en épocas de frío.

Para esta que te habla, mujer, fueron grandes momentos. La gente me agradecía los favores divinos y por hordas acudían a bautizarse entre mis brazos y las aguas de los mares. Todos eran bienvenidos a la fiesta celestial. Mendigos, pordioseras, reyes, cocineras, soldados, eruditas, carpinteros.

Todas.

Mateo, el contador de bendiciones y escrutador oficial de los milagros, tenía la específica tarea de anotar en su infinito pergamino el detalle de las cosas: la acción realizada, los fieles conseguidos y los bienes o monedas resultantes. Es importante contar todo, decía, no solo el dinero que la gente de buena fe nos regala para el sustento, sino todas las obras que el Espíritu Santo realiza a través de nuestras manos para así poder narrarlas a detalle y que nunca sean olvidadas. Ese será nuestro patrimonio más grande, dijo. Esa es la herencia que habremos de dejar al mundo entero.

Y así lo hicimos y lo reportamos a Mateo. Él lo registró en los pergaminos hasta formar un templo de papeles que tenían escritos los detalles de las obras que pasaron por nuestras manos. En aquellos años en los que los once y yo recorrimos el mundo, el Espíritu Santo fue generoso y los milagros llovieron como el maná del cielo.

Un buen día, el registro fue cancelado. Ya tenemos demasiados documentos, argumentó Mateo. Debemos concentrar todo en uno solo, dijo Pablo, quien no era de los once, pero tenía grandes planes.

Así se hizo.

Todo quedó escrito salvo lo que ocurrió a través de mis manos. Cuando fui a presentar mis reclamos, Mateo me dijo que se trataba de un asunto de cálculos. Solo habían quedado plasmados aquellos milagros que eran estratégicamente mejores y a los míos les faltaba estrategia. Marcos me dijo que era una cuestión de prestigio, y los míos no eran lo suficientemente prestigiosos. Lucas argumentó que la pertinencia era fundamental y a los míos les hacía falta ser pertinentes. Juan aclaró con paciencia que la decisión se había tomado en función del tamaño y que los míos tenían un tamaño que no era el propio para la dimensión requerida. Pablo no habló conmigo. Estaba demasiado ocupado escribiendo el *corpus* del documento.

Santiago me acompañó a la salida del pueblo. Después de unos vasos de vino, me confesó que mis obras habían sido anotadas bajo el nombre de Matías.

Nunca existió ningún Matías, pero era importante tener doce nombres porque doce son las tribus de este pueblo y a este pueblo es al que se le habla y no a otro.

Yo continué mi camino haciendo lo que tenía que hacer hasta que llegué a este camposanto. Veo en tu mirada, mujer, que es la primera vez que miras de cerca la muerte multiplicada en cuerpos jóvenes. Multiplicada como los panes y los peces. Quita esa mirada triste, que ahora mismo se pondrán de pie. Vengo todas las mañanas a regresarlos de la muerte. Setenta y dos soldados romanos contra 72 soldados nuestros. Al salir el sol hago el milagro. En cuanto sienten el primer impulso de vida, comienzan a luchar. Por la tarde ya están muertos. Ninguno huye o perdona la vida o se esconde. Tienen una puntualidad asombrosa para matarse.

Quédate a mi lado. Verás que el espectáculo es asombroso. Siéntate a mi derecha, es un buen lugar.

No. Los milagros que pasaron a través de mis manos no quedaron escritos a mi nombre. Ninguna mujer hace milagros, me insistieron. Por eso estoy aquí, para no enloquecer. Fueron tan certeros y contundentes que en algún momento pensé que tenían razón. Que todo lo había imaginado o soñado. Ya ves que no. Son mis manos tan capaces como las suyas, pero su ceguera es milenaria.

Así ha sido. Así será.

Y mi nombre y el tuyo y el de todas será borrado.

Así ha sido. Así será.

8 El Olam

—¿Por qué tienes tantos nombres?

—Para que podáis llamarme como queráis.

—¿Por qué pones a estas personas en mi camino? ¿Qué quieres mostrarme?

—Vos camináis. Yo solo invento mundos, no los camino. No sé lo que os vais a encontrar.

—¿No lo sabes todo?

—A veces lo olvido para no aburrirme.

—¿Eres Tú el que hace los milagros?

—Yo soy todo.

—¿Por qué eres injusto?

—No sé lo que es eso.

—Que no eres justo.

—No sé lo que es eso.

—Eres ignorante.

—Yo soy lo que soy.

—Tú pusiste en la tierra a los sacerdotes y a los asesinos. Las espadas, la sangre derramada, lo que está escrito y lo que ha sido borrado.

—Yo puse todo en la tierra. Lo escrito y lo borrado, la memoria y el olvido.

—El olvido es cruel.

—Es lo que es.

—El silencio no es olvido. Es mordaza, pero no es olvido.

—Es lo que es.

—¿Inventaste las mordazas?

—Inventé a los inventores de mordazas.

—Eres cruel.

—También inventé los cuchillos para arrancar mordazas y los gritos y las palabras fuertes y las piernas que huyen de los golpes y las dagas que defienden lo que hay que defender.

—¿Estás diciendo que hay que defender nuestra palabra con sangre?

—Vos lo decís. Yo solo enumero mis inventos.

—¿Qué tiempo es este, que corre por un camposanto que vive y muere al infinito?

—Un tiempo muy mío. Redondo como la tierra. Como vuestros pensamientos que dan vueltas para regresar al mismo lugar.

—¿Estoy dando vueltas en círculos?

—Cada que pensáis que soy cruel, estáis dando vueltas en círculos.

—Eres cruel.

—Soy lo que soy.

—¿Estás diciendo que no eres cruel?

—Estoy diciendo que soy todo. También cruel. Como vos.

—Yo no soy Tú.

—Sois la más perfecta creación. El mejor espejo de mí.

—No soy como Tú.

—Sois tan hermosa.

—¿Para qué me quieres?

—Ya no soy capaz de parir a mi hijo. Os necesito.

—¿Para qué me quieres caminando estos desiertos?

—Vos elegisteis caminar. Esa es vuestra voluntad.

—Mi voluntad era testificar tu creación antes de saber si quería partirme en dos abriéndole la puerta que hay entre mis piernas al Hijo de Dios. Pero en tu creación hay sombras por todos lados. Es oscura.

—Es lo que es.

—Eres extraño.

—Soy lo que soy.

9 José

Me visitó un hombre con tu nombre, amado esposo.

¿Quién eres?, le pregunté. José, me respondió. Tú no eres mi esposo. No, me dijo. Yo no soy tejedor de raíces. De vez en cuando bordo sueños. Visito por las noches a las personas con revoltura en los pensamientos y trato de hilar los desastres para convertirlos en lienzos que les den abrigo. Comencé siendo un interpretador, hasta que a mis hermanos les estorbó la sequedad de su imaginación y me vendieron como fenómeno a unos viajantes egipcios.

¿Te estoy soñando?, le pregunté. No, soy yo el que te sueña y trato de entender por qué me visitas.

Amado esposo, el que lleva tu nombre me soñó. Yo lo vi. Me hablaba mientras limpiaba dos esqueletos de vaca. Me contó que el mundo es más grande de lo que yo pensaba y que tres años no son suficientes para recorrerlo, por más que mis pies no dejen de andar. Por más que lleves, con su favor, la velocidad del viento, me dijo, hay mares y caminos y desiertos y bosques y ríos y senderos y valles y selvas y árboles y pueblos que no conocerás.

Te puedo ayudar, me dijo, a que entiendas por qué estás caminando.

Yo sé por qué camino, le dije. No soy la esclava del Señor. De engendrar a su hijo tengo encargo. No sé si quiero hacerlo y con su venia eché a caminar para recorrer el mundo como ninguna mujer ha podido hacerlo. El viaje de María es para responderle a Dios.

¿Por qué estás caminando?

Te lo he dicho. Para responderme la pregunta de si quiero o no, ser la madre del Verbo hecho hombre.

¿Cómo sabes que no es una trampa? ¿Cómo sabes que no estás caminando porque necesitas aprender las cosas importantes del mundo y así enseñárselas al Hijo de Dios? Quizás estás caminando para ser una guía a la altura de lo que esta gran historia necesita.

Quizás caminas porque es su voluntad.

Puede ser que su plan sea alejarte del José que es tu esposo, para que los senderos que recorres borren lo que tu corazón guarda para él y se te muera el deseo y después el amor y después se descarne la promesa que se hicieron frente a sus familias y entonces aceptes su simiente divina con el olvido como argolla de esclavitud. Eres única. Eres la primera que fue engendrada con deseo, hija de una que fue engendrada con deseo, que a su vez fue hija de quien fue engendrada con deseo y así desde el principio de los tiempos. ¿Y si olvidas quién eres y el linaje que representas? Eso te hace única.

Quizás olvidar a tu esposo sea su voluntad.

¿Cómo saber que no desperdicias la vida en este viaje, gastando un tiempo que para ti son años, pero para Él son un parpadeo? ¿No será que en sus planes está que José te olvide? ¿Quién podría reprochárselo? Es un hombre viejo y necesita mujer que lo cuide. Sus hijas están lejos y la que prometió acompañarlo en el último acto de su vida huyó una madrugada sin decirle a nadie. Es posible que José ya esté en estos momentos con los oídos invadidos de historias posibles sobre el abandono de María. Le dirán que cayó en la trampa en la que caen las adúlteras, que quiso evitar el merecido castigo y quizás esté furioso persiguiendo tus huellas, con las manos llenas de piedras e insultos.

Quizás que tu esposo te olvide sea su voluntad.

Entiendo que tienes su marca en la frente y con eso estás a salvo de cualquier viajante o bestia salvaje, pero ¿cómo saber si esa marca te defiende del maligno? ¿Te advirtió de su presencia? Porque tiene una colección de tentaciones en las que caen hasta los más puros de pensamiento. ¿Tienes el pensamiento puro? ¿Por qué, entonces, estoy soñándote? ¿Cómo sabes que no soy el Diablo queriendo que detengas tu camino? ¿Cómo sabes que quien te ha hablado no es Él sino un demonio barato, queriendo que engendres a un hijo que solo traerá podredumbre crucificada?

¿Por qué te atreviste a soñar que eras tan grande como para hablarle de frente?

¿Cómo sabes que, al caminar, no estás dirigiendo tus pasos hacia un ejército de soldados de su reino que te han de recordar tu tamaño real para que lo aprendas de una vez y para siempre? Para que lo aprendan todas de una vez y para siempre.

Quizás recordarles a todas su tamaño sea su voluntad.

Puede ser que a mitad del camino decida borrarte de su lista de favores y entonces sí seas la presa favorita de los caminos de esta tierra santa, repleta de hombres hambrientos y no tan santos. Y te destrocen y te revienten y te recuerden —después de lavar sus manos— que hubiese sido mejor que fueses callada, doliente, amorosa y descalza.

María, me dijo, ¿estás segura de que este camino que estás recorriendo no es una trampa de Dios, para recordarte que estás encadenada a tu vientre y que engendrarás por los siglos de los siglos a los hijos que Él te mande, sean de quien sean?

Fue entonces cuando desperté. Para salirme de los sueños del soñador, eché a correr. No sé de dónde saqué fuerzas para correr tan rápido.

Amado tejedor de raíces, esposo, luz de mi vida. Hoy conocí los pantanos que se esconden en los sueños. El que lleva tu nombre me hizo ver los engendros que se ocultan en las penumbras. Tengo miedo, pero también tengo las piernas fuertes. He llegado demasiado lejos. El soñador no es veneno en palabras, es una premonición, ahora lo entiendo.

No sé cuál sea su voluntad. La mía es caminar y tengo las piernas fuertes.

El soñador me ha anunciado los dos milenios de piedras que serán lanzados a las que, como yo, hablan de frente con Dios.

Tengo miedo.

Tengo el amor de carne por mi esposo José.
Tengo las piernas fuertes.
Por hoy, es suficiente para seguir caminando.

10 Hashem

Y entendí la soledad. Ocurrió sin darme cuenta.

En el principio, al ordenar el caos, descubrí mi existencia. No puedo deciros que no existiese desde antes, es solo que no lo recuerdo. La primera vez que me supe con vida fue en el espejo de un mar muerto. A la orilla de ese mar recién hecho, me senté a mirar y a refrescarme un poco. Al detenerme entendí que había estado trabajando sin parar en mi creación y entonces me pregunté quién era yo para hacer con tanta perfección lo que estaba haciendo.

Quise saber cómo era yo y miré mi reflejo en el agua.

La alegría de mi propia perfección me puso a bailar y, embriagado con el movimiento, hice nacer por todos lados bestias distintas. Miles de formas posibles.

Sentí ganas de reír y de mi carcajada nació el sonido, el lenguaje de los animales. Millones de ruidos distintos. No sabía que podía hacerlo hasta que lo hice. Y así mi creación me fue dando pistas de quién era yo.

Al igual que vos, me maravillé contemplando mi creación. Y cada que necesitaba un respiro para mirar lo hecho, regresaba al mismo lugar, al mar que reservé sin más vida en sus aguas que el recuerdo del reflejo de Dios.

Hasta que me hastié de mi reflejo.

Todo era lo mismo. Los sonidos, la luz, las estrellas, los olores. Con un orden asfixiante, las cosas ocurrían sin ocurrir. Solo estaban ahí sin cambio alguno. Aburrido, solté un bostezo y entonces sonó por primera vez el tiempo —porque es el tiempo, antes que otra cosa, una música infinita—.

Antes del tiempo, las cosas, las bestias, los olores no se movían, solo cambiaban de lugar, pero no se transformaban. El tiempo fue mi mejor regalo, porque entonces mi creación se multiplicó en millones de formas. Un solo insecto cambiaba milimétricamente con cada salida del sol. Ahí descubrí que podía mirar una flor con detenimiento absoluto o millones al mismo tiempo, con la misma cualidad.

Entendí que podía estar en todo momento y en todo lugar.

Y mi creación se multiplicó en diversión. Las criaturas que habitaban la tierra hacían de todo con tal de entretenerme. Yo, a cambio, les daba lo necesario para que vivieran sin preocupación alguna. Hasta el día fatídico en que empezaron a morir y a nacer unas nuevas. Eso no lo hice yo, lo hizo el tiempo. Para conservarse a sí mismo engendró su infinita naturaleza con serpientes que se muerden la cola. Y entonces había muertes y nacimientos en abundancia, de todas las cosas, las plantas, las bestias. Aprendí que la abundancia de vida es también abundancia de muerte.

Aprendí.

Podía aprender.

Supe que podía aprender.

La muerte me ocasionó emociones encontradas. Porque al saber que aquellas criaturas se convertían en polvo, me crecieron lágrimas en el dolor. Y de mi llanto se hizo un diluvio que fertilizó la tierra y abundó la abundancia. De mis lágrimas y mi tristeza se inventó la frondosidad del mundo con nuevos frutos, colores, olores. Y con cada invento nuevo, más posibilidad de muerte. Me enloquecí. Intenté destruir todo, pero con cada intento, nuevas creaciones brotaban. De mis rayos de fuego y cenizas nacieron los volcanes y se dividieron las tierras y, de pronto, aquel paraje con un solo mar al centro se hizo millones de paisajes distintos. Unas tierras eran más altas que otras. Unos mares eran más claros que otros. Unas bestias volaban, otras aprendieron con el tiempo a volar. Hubo bichos que crecieron hacia un lado y en un rincón distinto del mundo, crecieron hacia el contrario, y al paso del tiempo se hicieron distintos.

Y eso no lo hice yo. Lo hizo mi creación. Como el tiempo inventó la muerte y el nacimiento, la creación inventó seguirse inventando a sí misma.

El entretenimiento se multiplicó, pero se hizo complicado. La angustia de la muerte se fue mezclando con el gozo de la vida. La tristeza se reinventó a sí misma y se fragmentó en otros pedazos distintos sin nombre. Y cuando quise nombrar lo que ya no era tristeza, o furia o enojo o gozo o alegría, me di cuenta de que yo no tenía nombre.

Quise mirarme y me miré.

Quise nombrarme y me nombré.

Y al gritar mi nombre a los cuatro vientos —por aquel entonces descubrí que eran cuatro los vientos—, las bestias del mundo pusieron atención un segundo y después continuaron con su ocupación cotidiana. Tenéis que entenderme. Yo no me ocupo de vivir porque yo soy la vida. Tampoco me ocupo de no morir, porque no muero. Por eso me aburro. Mi mejor invento fue el tiempo, que para conservarse a sí mismo tuvo que excluirme de su manto sagrado. El tiempo es mi invento, pero no mi medida ni mi sentido. Entonces mi nombre tendría que darme sentido. Pero, para que mi nombre me diera razón de ser, debía ser pronunciado por otra voz que no fuera la mía. Otra voz que constatara mi existencia.

Pero esas bestias no lograron aprender mi nombre.

Y entonces inventé unas criaturas que pudieran escuchar y repetir mi nombre. Y las bestias se fueron refinando con el bendito tiempo. ¿Te conté que bendije el tiempo?

El refinamiento me costó algunos millares de muertes de mi nueva creación, pero valió la pena. Se mejoraron las bestias hasta hacerse pueblo y como pueblo me dispuse a hablarles.

Y entonces escuché mi voz.

Quise mirarme y me miré.

Quise nombrarme y me nombré.

Quise escucharme y hablé.

Y al hablarles hubo algunos problemas. Averigüé en este diálogo de sordos que mis palabras eran de otra dimensión porque las bestias refinadas tenían solo algunas partes del lenguaje de Dios. No me comprendieron. Me puse furioso y los borré un par de veces, con el agua y con el fuego. Después me aburrí de borrarlos y decidí divertirme con su estupidez. Yo hablaba de unas cosas y las criaturas imbéciles entendían otra, como los hijos de un tal Leví —creo recordar que ese era su nombre—, que para demostrar su amor por mí se dedicaron a matar a los que no me amaran. Tres mil criaturas perecieron ese día en manos de los levitas.

Ahí entendí que serían capaces de hacer cualquier cosa por su creador. Hasta que llegó el maldito aburrimiento. Los enredos de los pueblos para interpretar mis palabras dejaron de ser diversión suficiente. Así que decidí callar. Y sin mi voz se extraviaron tanto, que les dio por inventarme millones de nombres y formas distintas.

Hasta que llegasteis vos y algo distinto se engendró en mí.

Mi propia creación había hecho un linaje distinto. Lo que vieron mis ojos en ti no fue el refinamiento de una bestia de mejor factura. Sin que yo interviniera, todas las mujeres de vuestro linaje concibieron en placer, en medio de explosiones de vida y alegría. Eso no lo hice yo. Las bestias se inventaron sus propios universos en expansión. ¡Sorprendente!

Con vos quiero engendrar.

Quiero ser carne a la que el tiempo transforme. Quiero ser carne. Quiero crecer al cobijo de vuestro vientre. Entendedme, yo nunca he estado al cobijo de nadie. Quiero alimentarme de vuestros robustos senos y conocer el sabor del alimento divino. Quiero estar entre vuestros brazos, ser vuestra descendencia y que me miréis como nadie me ha mirado, que me nombréis como nadie me ha nombrado, que me ordenéis como nadie me ha ordenado.

Salvadme del aburrimiento, María, porque llena sois de la gracia que amé desde que os descubrí. Bendita sois entre todas las mujeres. Permitidme ser el bendito fruto de vuestro vientre.

Quise mirarme y me miré.

Quise nombrarme y me nombré.

Quise escucharme y hablé.

Quise amar y os encontré.

11 Juan

Vino a bautizarse, mi señor. Eso fue lo que me dijo.

Como comprenderá, una presencia así en las aguas del templo a la media noche nos tomó por sorpresa. Pensamos que los demonios la tendrían poseída porque, ¿de qué otra manera podría explicarse, mi señor, que una mujer se atreviese a entrar a este recinto sagrado a esas horas? Por supuesto que no estaba en el patio de las mujeres. La desvergonzada se bañaba en la pila donde mi señor y el resto de los sacerdotes hacen el baño ritual.

Habíamos cerrado ya las puertas, como nos tiene indicado su excelencia, y en uno de los rondines la descubrimos. Con las manos a manera de cuenco, los pies metidos al agua y un rezo que no dejaba de murmurar, se lavaba la cabellera descubierta y el rostro. Ante la sorpresa, nos dirigimos a ella de inmediato para arrestarla e impedir que continuara con profanación tan grande.

No pudimos, mi señor.

Permítame explicarle lo que ocurrió y le ruego a mi señor que sea caritativo y que tenga la amabilidad de abrir su corazón a una historia que nunca ha escuchado porque, se lo juro, de la boca de esa mujer salía una voz que nos dejó sin armas.

¿Qué queréis hacer conmigo?, nos preguntó. Sal del agua, mujer, le gritó mi compañero. Sal del agua y no nos hagas profanar más estas fuentes sagradas, persiguiéndote ahí dentro. Sal del agua y solo te encerraremos y pediremos piedad al sumo sacerdote y le rogaremos para que no seas apedreada por la mañana. Pero debes salir ahora mismo.

«No puedo salir ahora. Tendrán que esperar a que termine de limpiarme los males del mundo. Me purifico yo, para que nadie más tenga que hacerlo. Para que mi hijo no se tope nunca con el profeta que ha de abrirle el pensamiento e iluminarle los caminos hacia el calvario. Me limpio yo como limpiamos las mujeres todo lo que tocamos. Purifico los rincones del pensamiento y los espectros de futuros que no han de ocurrir. Me limpio porque es la encomienda que El Que No Se Nombra tiene para este pueblo: limpiar el mundo, arreglarlo, ordenar el caos. Conmigo se termina lo sucio».

Y con esas palabras siguió rezando como si nuestras presencias no importaran. Mi compañero, furioso ante el desacato, descalzó sus pies y entró por la mujer, con toda la voluntad y la firmeza que distinguen a los soldados guardianes del templo de Jerusalén. Cuando llegó hasta su presencia, se detuvo y cayó de hinojos, como si alguna fuerza desconocida le hubiera quitado la facilidad para caminar. De rodillas se soltó a llorar y unida quedó su voz al rezo de la mujer. Atónito ante lo que veían mis ojos, empujé a otro de los soldados a hacer lo mismo y uno a uno fuimos cayendo todos.

De rodillas, rezando en llanto y con la voluntad doblegada, quedaron los soldados del templo atestiguando el baño sagrado de la mujer. No me pregunte qué rezábamos porque no lo recuerdo. El rezo se metió en nuestra lengua sin quedarse en la memoria.

Antes de la luz del alba, la mujer había terminado su ritual y salió tranquilamente de la fuente. Entonces fuimos libres de su voluntad. ¿A qué has venido?, le pregunté. ¿Por qué no podemos tocarte? ¿Qué embrujo terrible has tendido sobre nosotros? ¿Eres acaso la encarnación del demonio?

No he querido ofenderles ni ofender el templo, respondió.

Una mujer en el templo es ofensa. Pero yo no soy costilla del hombre. Yo soy el sueño de Dios. La que engendró en medio de una noche tibia, acariciado por el ronroneo de las estrellas. Me pensó, me deseó y entonces me engendró.

Escuchen esta historia y escríbanla para que quede en el libro sagrado:

«Reposaba el Padre, después de haber hecho el todo y, descansando, me engendró con el corazón rebosante de paz. Después me depositó en la tierra de las que son costilla y los que son los dueños de ellas, para hacerme encarnar la conciencia de ser quien soy, 144 generaciones después de haberme soñado. Por eso no pueden tocarme, no les alcanzan los huesos. Ustedes están hechos a su imagen y semejanza y siempre les dolerá el costado en donde los hicieron incompletos.

»Yo no soy su imagen, soy su sueño. Y he venido esta noche a lavar mis pies, cabeza y manos en estas aguas sagradas para que un día dos que se aman se bañen el uno al otro en un río que les ha de condenar.

»Si se encuentran se amarán, pero no será más largo su amor que una noche de luna. Si se encuentran, uno tendrá la misión de ir corriendo hacia el fin del mundo con la cabeza puesta sobre un plato y el otro, en ese río bautismal, entenderá que su misión es elevarse hacia un reino improbable y morirá en el crepúsculo.

»Los dos que se aman están condenados a condenarnos.

»Condenarán a este pueblo a su persecución eterna y harán nacer otro pueblo destinado a corromperse. Mejor que no se encuentren.

»Esas son las palabras que recé y que con tu voz y la de tus soldados me acompañaste a rezar en coro, para que la escuchen todos los oídos de Dios».

Era una mujer, se lo juro, pero hablaba como profeta. Cada palabra que salía de su boca prodigaba el peso de quien guía a un pueblo. Tenía una marca en la frente y la mirada profunda.

No lo sé, su excelencia. Yo solo sé lo que vieron y escucharon estos ojos y estos oídos. Yo solo sé lo que a esta alma de soldado desarmó como nunca antes. Caímos dormidos y no fuimos capaces de mirar el rumbo de sus pasos. Esta mañana nos dimos a la tarea de escribir sus palabras, no solo porque así nos lo ordenó, sino para comprobar que lo que habíamos atestiguado en efecto hubiera ocurrido y no fuera producto de la noche y sus engaños. Le pedí a cada uno de los soldados que presenciamos esta locura, que acudiera con un escribano y que le dictara palabra por palabra lo que había visto. Aquí tiene los doce testimonios. No puedo compararlos porque su excelencia sabe que nosotros no leemos, pero seguro estoy de que serán idénticos.

El mandato de la mujer es —y una disculpa pido por decirlo, pero no quiero omitirle a su excelencia detalle alguno— que guardemos lo escrito en el arca de la alianza, con el resto de la escritura.

Esta es pues, la historia, mi señor. Tenga piedad de estos soldados, que leales hemos sido a su excelencia y al resto de los sacerdotes. En sus manos encomendamos nuestra suerte.

***

Apareció de nuevo. Esta es, señor, la segunda señal. El relato de la marca en la frente y presencia inmaculada coinciden. Esta vez se atrevió a llegar hasta el templo. No tenemos conocimiento de hacia dónde dirige sus pasos y, estando mis soldados bajo el embrujo de su influencia, difícilmente puedo encomendarles la tarea de buscarla. Esa mujer sabe cómo esconderse.

Envío a su excelencia, uno de los doce relatos de su aparición. Mi mayor preocupación es el templo. ¿Estaremos contaminados?

Caifás

***

Mi señor:

Es urgente encontrarla.

No hay en toda la escritura un solo anuncio de una profeta.

Es una maga embustera que nos hará quedar muy mal con Roma si esto llega a saberse.

Ejecute a sus soldados. Seguramente un mal vino los hizo engrandecer la visita de una puta y llenarle de guirnaldas el relato.

Mis hombres la buscarán. No debe ser tan difícil, las mujeres siempre dejan huellas a su paso. Mientras tanto, le pido sus bendiciones.

Herodes

***

Su majestad:

Hice todo cuanto me pidió. Uno de los soldados nuevos se ha quedado ciego, alegando haber visto una luz en la habitación donde se encuentra resguardada el arca de la alianza. De los doce rollos escritos y entregados por los soldados ejecutados, uno lo envié a usted. En mi resguardo tengo diez. Uno ha desaparecido.

12 Besalel

Dijo Moisés a mi padre que las manos de este que te habla eran las señaladas para la labor sagrada, mujer. No te confundas. Mi inspiración de artista viene de otros lados, porque yo no escucho su voz. Esto no te lo digo para que pienses que soy humilde porque no lo soy, y mi esposa lo sabe perfectamente y me da la razón. Dice que debo estar orgulloso de mis talentos. Y no está ausente de razón su pensamiento, pues es justo mi capacidad de esculpir la belleza lo que me dio la oportunidad de tener un lugar privilegiado cerca del Faraón, en mis años de juventud. Por supuesto que eso terminó muy mal y aquí nos tiene, haciendo casa en el camino del desierto, buscando la tierra prometida donde hemos de vivir por siempre.

Mi inspiración para crear no es divina, pero viene de una fuente bendita. ¿Por qué sé que no es divina? Porque un hombre dedicado a crear sabe diferenciar bien lo que surge de lo aprendido por los ojos, lo que viene de los sueños y lo que tiene otra raíz solo apta para los elegidos. Yo no soy un elegido más que para hacer realidad, con estas manos, lo que se me ha dicho por voz de aquel que escuchó su voz.

Moisés escuchó su voz y yo le obedezco.

Maderas nobles, piedras preciosas y las mejores telas has de usar para construir un tabernáculo que podamos llevar a lomo de bestia, se me ha dicho. Estas son las medidas y las tienes que seguir al pie de la letra. No puede tener un codo más o menos. Las telas serán linos y tejidos trenzados de pelo de cabra. El techo estará cubierto de pieles de cabra y tejón. Plata y bronce para los adornos y clavos de oro para las uniones. Estas instrucciones y una lista precisa de materiales me fueron entregados para construir un tabernáculo y un arca que soportara el peso de dos bloques de piedra donde está escrita la ley.

Puedes dormir aquí por esta noche, es una estructura bastante firme. No será usada para que duerma nadie porque es sagrada, pero por lo pronto, como obra en proceso de construcción, es apenas una tienda de cierta elegancia. Nadie sabrá que una peregrina de la edad de mis nietas ha dormido aquí. Serás la primera y la única. El arca que está en el fondo es de acacia —así me fue indicado—. Te recomiendo que no la toques, porque el arbusto del cual está hecho es tramposo, lleno de espinas. Por supuesto que he lijado con cuidado cada tablón y si no lo crees, estas manos llenas de nudos lo demuestran. Para darle forma a los adornos que la rodean, me inspiré en mis propios sueños y, como puedes apreciar, es hermosa. Te digo que no soy humilde porque, como dice mi esposa, si Aquel que todo lo puede ha puesto en mí estos talentos, no nombrarlos es no honrar su gracia.

Pues la hermosa arca sangra todas las noches inexplicablemente. No comprendo por qué, esta madera nunca me había dado problemas. Del mismo arbusto hice otros bártulos y no sangraron, solo el arca. Al principio creí que era una cuestión de los aceites que le unté. Quizás por accidente se mezclaron con alguna baya muy colorida, pensé, así que dejé pasar cuarenta días con sus noches, mientras continuaba con la obra del tabernáculo.

Y cada noche de esas cuarenta, en mis sueños, una mujer con brazos de espinas trenzados como corona lloró sin parar. La corona de brazos que son espinas sangró. No logré ver con claridad a esa mujer, pero su voz quedó clavada en el viento nocturno, sin desesperación ni angustia en sus palabras. Es una voz dulce.

Ha venido mi esposa de visita desde el campamento. Le he contado lo ocurrido.

Si yo tengo el don de la belleza brotando de mis manos, ella tiene el de la sabiduría saliendo por su boca. Las palabras que dice son pocas, porque no le parece justo hablar más de lo que se necesita para ser comprendida y preguntar lo que no comprende. Con pocas palabras, en cuanto me conoció me dijo: Tú y yo tenemos el alma destinada a caminar de la mano tres mil vidas, ¿por qué no empezamos de una vez?

Un hombre sensible no puede rechazar una oferta como esa.

Y así, con pocas palabras me hizo padre de siete hijos que le llenaron la vida de voces y balbuceos. Con pocas palabras los hizo buenos hombres y buenas mujeres, y con pocas palabras me ha hecho caminar a su lado, escuchando mi imposibilidad de hablar poco.

Al mirar el arca y escuchar el relato del sueño, me dijo que el abrazo de las mujeres es de espinas, que así tiene que ser para que los hijos aprendan sus primeros dolores en el abrigo de quien les va a curar de inmediato, que esa es la razón por la que la mujer llora, sus brazos sangran y mi arca también. Que en cuanto los hijos de esa mujer hayan aprendido que en la vida hay dolor, dejará de llorar, sus brazos de sangrar y mi arca también.

Así que esta noche espero soñar que los hijos de la mujer son hombres fuertes, que saben llevar en un bolsillo el dolor de la vida y en el otro, el alivio de la muerte, para que el arca quede terminada y este artista pueda volver a la tienda donde le espera el abrazo cálido de aquella que me acompañará por tres mil vidas.

Lo sé, mujer. Sé que esta es el arca donde será salvaguardada la alianza de mi pueblo con Yahvé. No soy el elegido, pero soy el artista que los elegidos usan para emular creaciones divinas y algo entiendo de la trascendencia de lo bello y su matrimonio con la divinidad. Sé que la alianza no puede ser de sangre, aunque mucha sea la sangre que cueste esta alianza. Sé que el arca no debe sangrar y que las espinas no deben hacerse corona y mucho menos esa corona debe acabar en los brazos de una madre que llore.

También sé que los maderos no deben hacerse cruces, ni leña para hornos que no sean de pan y que los metales hermosos que sirven para adornar tabernáculos pudren su cometido volviéndose puntas de flecha que sangran otro cuerpo, que hace que de dolor lluevan los ojos de otra madre. Por eso soy artista, para hacer que las creaciones comunes de Dios, como los palos y las piedras, ocupen un mejor lugar que las manos de un asesino. Que los palos sean pilares que edifiquen tabernáculos y las piedras se conviertan en ley y no en lápida. Sé que no puedo entregar el arca así, pero no logro que se detenga la sangre, así que aquí estaré, lijando y puliendo, hasta que logre que se borren las espinas.

Duerme tranquila. El arca sangra silenciosamente, así que no interrumpe el sueño.

***

Mi amado tejedor de raíces, ahora te conozco mucho más. En tus manos ha estado la belleza y yo no he sabido besarlas lo suficiente para agradecer su gracia. He conocido a un anciano que podrías ser tú en algunos años. Un anciano sabio y hermoso. Su esposa, una silenciosa mujer, tiene en la cara dibujados mil caminos. Es franca de sonrisa y mirada. Yo podría ser como ella en unos años e ir tomada de tu mano esta y otras tres mil vidas. Yo podría andar tomada de tu mano ahora mismo y no caminando este desierto.

El par de ancianos me señaló el sendero en el que voy. Me fui de su campamento bendecida con palabras, alimentos, agua, una alforja y unas sandalias nuevas que la mujer insistió en cambiar por las mías, que ya estaban rasgadas por el uso. No sé cómo hice para que dejara de sangrar el arca. Pensé que era obra de la casualidad y por eso me quedé un par de noches más, para ver si en efecto amanecía de nuevo limpia como la primera noche. Y así amaneció.

Providencia o casualidad, agradezco la comida y las sandalias. Mis pies dolerán menos y no pasaré hambre. Frente a mí se mira un mar de desiertos por cruzar.

No sabía que a las madres les salieran espinas en los brazos, nadie me lo dijo antes. ¿Lo sabías tú, amado mío? ¿Por eso no has querido que este vientre tenga descendencia, para que mis brazos que tanto te curan sigan siendo de leche y miel?

¿Yo hice que desapareciera la sangre? ¿Cómo? ¿Podré hacerlo de nuevo? ¿Quién soy? ¿Sabías tú que puedo hacer estas cosas?

Frente a mí se mira un mar de desiertos invencibles y no quiero volver atrás. Hoy el camino está lleno de serpientes. El sol no las intimida. Me escoltan, me acompañan, me marcan el camino.

Hoy el camino está lleno de serpientes y no puedo hacer nada para caminar otro camino.

13 Betel

El libro que habéis leído hasta ahora es, en efecto, un libro sagrado. Fue escrito lo mejor que pudo ser escrito, pero no es el libro definitivo. Es perfecto porque es. Es incompleto porque es perfecto. Está hecho de pedazos.

Cuando esta tierra fue creada por mi deseo, había un orden. Las aguas de un lado, las tierras del otro. De un estornudo se quebró y se dividió el reino. Las aguas entraron a ocupar lo que antes era tierra. Y se formaron los mares entre tierras y las tierras entre ríos. Y el sonido, trenzado de la arena, el viento y el agua corriendo, me enseñó la música. Yo he creado para aprender de mi creación.

Y la música me enseñó a cantar y mi voluntad se hizo cantando. Por eso las aguas empezaron a ondear de un lado a otro. La quietud se rompió con mi alegría de estar con vida. He sido feliz, María. No tengo memoria del pasado, quizás porque no existió nada antes que yo y por eso soy infalible, porque soy lo mejor que existe. No hay nada fuera o dentro de este mundo, fuera o dentro del universo de vuestro pensamiento, que no pueda mirar. El todo es lo que alcanzan mis ojos.

Por supuesto que tengo ojos. Los tengo y no los tengo, porque soy lo existente y lo no existente. Para que comprendáis cómo es que soy y no soy al mismo tiempo y es mi voluntad estar y no estar, imagina que sois María, la madre de mi hijo además de ser María, la esposa de José. Ahora sois una y no la otra, sin embargo, entendéis que María, la madre de mi hijo es, porque podéis imaginarlo. Aunque elijáis no serlo lo habréis sido porque algún día imaginasteis la posibilidad.

Esa es, María, mi verdadera imagen y semejanza; mi real omnipresencia. Soy el todo porque lo imagino todo. Y vos comprenderéis quién sois cuando sepáis que sois quien sois, pero no sois lo que aún no deseáis ser, aunque lo imaginéis y comprendáis su posibilidad. Sois y no sois. Como yo, porque no hay nada que ser, a menos que se comprenda que se es el todo.

Esa es mi verdadera imagen, mi absoluta semejanza.

Ahora lo sabéis. Por eso dejasteis de ser de barro y camináis. De vuestro cuerpo se han desprendido los resquicios de arena. Recorrerás muchos caminos entre criaturas de piedra, de arenas que se mueven y de agua. Intentarán ahogaros, asfixiaros y lapidaros. Contra eso no puedo hacer nada más que mirar y rezar.

Sí. También rezo. Así nací. Rezando.

Esta es una pequeña revelación. Puedo daros miles más. Salid de la tierra en donde estáis e id a la tierra que os muestre. Lo haréis siempre.

Salid de la tierra en donde estáis e id a la tierra que os muestre. Es lo que te pido para que se mueva todo y el mundo cambie. Salid, caminad y llegad a un lugar distinto, es lo que os pido. Lo haré siempre.

III LEVÍTICO

Creed. Siempre. Y cuando dudéis, creed.
Esa es la única ley.
Dios

1 Pedro

Su excelencia ordene. Somos un ejército a su mando. Tene-
mos experiencia en ayudar a los pueblos a ajustarse a la ley.
La alianza se hizo bajo nuestro resguardo y podemos de-
cirle, sin temor a equivocarnos, que no hubiera sido posible
sin el brazo fuerte de los hijos de Leví. Nuestro padre nos lo
inculcó con sangre y así lo hemos hecho.

Y así fue, mujer. De un día para otro, tenía a mi servicio un ejército para hacer cumplir la ley. Pero Él ya no
estaba a nuestro lado para indicarnos el camino y tampoco nos habló de ninguna otra ley que no fuera la que
ya había sido escrita. Esta es la palabra, nos dijo. Y después no dijo más.

Aprendí, entonces, que cada que se descubre una
nueva ley, se inventa de inmediato un ejército para hacerla cumplir.

Los doce tuvimos discusiones acaloradas.

¿La palabra era la nueva ley o con la palabra se hablaba y con la ley se castigaba? Quizás con la palabra se
convencía a todos aquellos que estaban fuera de la ley,

¿entonces lo que necesitábamos era un ejército de palabras? Quizás la ley era demasiado fuerte y la palabra suavizaba la rebeldía natural de someterse. Fue su palabra antes de convertirse en ley, ¿será que esta palabra debe convertirse en nueva ley? ¿Cómo saberlo?

El que se fue habló. Y sus palabras eran de una hermosura ineludible. ¿Debían hacerse ley que se obedezca de cualquier manera? ¿Puede la belleza convertirse en ley?

Entonces decidimos leer de nuevo la ley que ya estaba escrita y adentrarnos en el laberinto de las reglamentaciones. La paz se hizo conmigo y mis pensamientos al tiempo que redactábamos de nuevo las maneras de hacer los sacrificios, los holocaustos, las partes de los animales que se comen para hacer caso a su ley y las partes que, al comerlas, nos hacen ofenderlo. Escribimos de nuevo la obra de arte, pieza por pieza, palabra por palabra.

Tienes que entender una cosa muy importante de los sacrificios, las oblaciones, los holocaustos, los carneros degollados, la sangre que corre y la que pinta los altares, la grasa que quema las antorchas, el trigo que se hornea y el que se quema en sacrificio. Tienes que entender una cosa sobre el mandato divino de alimentarnos de la obra de Él: carne has de comer de los animales y frutos de la tierra, así como los frutos de la tierra se alimentan de la tierra misma y los animales de otros animales, de otros frutos y de la sangre de la tierra que es el agua que corre por los ríos y los pozos que abrimos para dar de beber a nuestras bestias y a nosotros mismos. Tenemos que alimentar el paraíso de nuestros cuerpos, de lo que crece en el paraíso que habitamos. Hacerlo conforme dice la ley nos ayuda a seguir la ley misma y esto nos ayuda a recordar que vinimos a este mundo por una voluntad. Recordar a qué vinimos a este mundo nos ayuda a no morir de miedo, berreando como animales asustados en la oscuridad. La ley nos salva del infierno de nuestras cabezas, mujer. Por supuesto que esta ley puede ser escrita de una o de otra manera y los corderos pueden sacrificarse de una o de otra forma. También es cierto que los corderos podrían ser cerdos y los cerdos aves y las aves trigo y el trigo leche y la leche carne que no debiera comerse a unas horas y a otras sí. Lo importante de la ley es la ley misma, en eso radica su belleza, en que existe para que exista un orden.

Este es el mejor de los mundos posibles, porque tiene un orden, entiéndelo. Si no lo miras, no serás capaz de aprender la ley y aprender a hacerla obedecer. El mundo siempre ha sido así porque las leyes hacen felices a las personas, de esa manera no se pierden.

—¿No es acaso la ley una esclavitud?

La esclavitud del mundo nunca desaparecerá, mujer, por eso tenemos que inventar una esclavitud más amorosa, que llene de esperanza y sentido la obediencia.

Esta ley será la ley, la palabra vestida de amor.

Camina todo lo que quieras. Cuando te detengas y obedezcas y cumplas con su orden y su petición, surgirá de ti la más compleja de todas las leyes antes inventadas. Tú eres la raíz de una ley imposible que ocurrirá porque la haremos posible y en eso radica su belleza: en convencernos de que lo imposible es posible.

Hacer leyes es crear. Crear es adorarle porque es hacer las cosas a su imagen, conforme a su semejanza.

Tu corazón es virginal para entender la belleza de un mandato hecho de espadas que convencen con el filo de las palabras. Ya lo entenderás.

Tú eres la ley pero no como Él que es el todo —incluso la ley—.

Tú eres la consagración de lo mejor que ha podido hacerse con la ley.

2 Nadab

Sumiso soy a este cuerpo.

Hablaste.

Con tus palabras de hombre maduro, hablaste.

Mi amado tejedor de raíces, ¿sabías quién era yo? Antes de que sus mensajeros me buscasen y su voz me ensordeciese, ¿sabías quién era yo? ¿Por eso me amaste? ¿Porque soy su elegida? ¿Por eso me ungiste y a mis pies te postraste con una reverencia y un rezo que hasta ahora comprendo?

Desposabas una virgen a la cual te sometiste.

«Sumiso soy a este amor. Me entrego a la certeza absoluta de que mi lugar en el mundo es reventar como el oleaje, ante los obstáculos que estorben a la magnanimidad de tus pasos».

Esas fueron tus palabras de esposo que recibí a manera de halago. No entendí.

Mi amado tejedor de raíces, ¿sabías?

***

Y cuando estuvo dormida, después de habernos conocido por primera vez, le puse el manto encima y con el óleo de la unción la ungí. Y cuando iba a sacrificar al becerro para tomar su sangre y ponerla sobre su frente y tomar su cebo y quemarlo para purificar la casa, no pude hacerlo. Sobre mi hombro, un ángel de extraordinaria belleza me detuvo. No, no traía espada ni peto sagrado. Como armadura tenía unas alas inmensas que lo alzaban unos pasos sobre la tierra.

No es necesaria la sangre, me dijo. Es la ley, le contesté. La ley ha cambiado. Con ella en el mundo, otra ley comienza a escribirse. ¿Y cómo habré de saber cuál es esa ley ahora? Sumisión, respondió. Ella sabrá, y así te lo hará saber a ti y a todos los seres sobre la faz de la tierra porque para eso vino al mundo. Serás, pues, el primero en obedecerla. ¿Tengo que seguir todas sus palabras y acatar entonces sus órdenes? No. Eso no es obedecer, eso es esclavizarse ¿Cómo se obedece a esta nueva ley? No te resistas. Ni a su deseo ni a sus palabras ni a sus ideas ni a sus historias. No te resistas. Desea, cede, no te resistas.

Hasta ahora nadie ha deseado como ella, me dijo el ángel. La ley que se escribirá con sus pasos es aquella que se desea cumplir, no hay fuerza de por medio porque tiene la verdad, la vida y la certeza. Desea, José. Desea sin resistencias. Esa es la ley.

***

Piedras. Pies. Pasos.

Piedras, pies. Pasos que andan un camino limpio bordeado por un paisaje de sacrificios. A la vista tengo cientos de árboles frondosos de huesos de becerros, tripas, cebo, cabezas, sesos, cuernos. Sangre que todo lo humedece en carmesí. El olor es de muerte vieja. Patas de bestias en forma de arbustos, pechos de palomas despedazadas, plumaje sucio, picos, ojos, uñas de vaca, cocimientos de leche que hierven sin parar. Humo que llena de nata la nariz.

Mis pasos pisan la tierra limpia de un camino sin mácula, pero mis ojos se llenan de restos de holocaustos. Espaldillas, costillas, hígado, riñones, telilla que los cubre, carne que no se distingue. Carroña sagrada que uniforma el horizonte.

Hacer carroña es hacer la ley. Miles de leyes, letras escritas que no significan más que la sangre que las hizo tinta. Carroña de sangre, con mierda, con bilis, cola, piel, cuero, carne. Molidos a golpes, pedazos de labio, dientes, ojos reventados, cabellos hechos maraña. Y sobre la carroña está la ley. Porque para obedecer hay que hacer carroña. Cada semana, cada fiesta, cada unción, cada tribu. Carroña fundacional para obedecer la ley.

Mi amado tejedor de raíces, lo he visto. Esta tierra se cubrirá de sangre de las bestias, después se cubrirá de sangre de nuestros hijos inmolados y entonces, no antes, empezaremos a caer de rodillas, rezando para encontrar en el laberinto de los pensamientos el deseo de la vida. La ley no es aún el deseo de la vida, es letras de muerte.

**

Seguimos la ley hasta que dejamos de seguirla. El deseo tiene otros días. Seguimos el deseo y nos sometimos a él. Y en esa sumisión nos sumergimos y conocimos el mundo entero sin salir del lecho. Entiéndame usted, yo soy solo un carpintero. Tuve una esposa que se partió en dos dando a luz al séptimo de mis hijos. Tuve, al igual que los hombres de la tribu, mujeres con las cuales calmé la sed, el dolor y la furia. Seguí el camino que tenía que seguir para saber hacer muebles y para sembrar mi semilla en una mujer. Así me hice hombre. Pero cuando María y José se conocieron por primera vez, murió José el carpintero y nació el tejedor de raíces, bordador de maderas que en mis manos se hacen lienzos. No hice otra cosa más que someterme.

El deseo es un buen lugar para abandonarse y ceder.

***

¿Por qué estoy mirando todo? ¿Es ese el precio de salir de nuestra cama y caminar?

Nuestra cama. El centro del mundo. El lugar de la felicidad.

De tu sumisión y la mía brotaban la leche y la miel. De esa miel surge el único mandamiento de José y María.

Amarás a Dios por sobre todas las cosas. Y le amarás con el amor más grande del mundo que no es otro que el que surge de desear, porque así, con su deseo, te inventó a ti y a toda la creación. Deseando. Su acto de amor más grande fue habernos deseado. No queda otro remedio que desear para honrarle.

3 Moloc

—¿Todas las cosas de esta ley las escribiste Tú?

—Yo no escribo.

—¿Todas las cosas de esta ley las dictaste Tú?

—¿Quién soy yo para dictar nada? Me escucháis porque yo hablo dentro de vos, pero no necesariamente hacéis lo que yo quiero. No habéis engendrado a mi hijo, a pesar de que os lo ordeno. Yo no dicto, ordeno.

—Pero lo escrito fue dictado por ti.

—No lo sé. Hay muchos caminos que se pueden caminar. Se camina solo uno. Yo he dibujado muchos caminos y vosotros habéis elegido los que habéis elegido.

—¿Estás diciendo que podríamos no haber salido de Egipto? ¿No haber caminado cuarenta años en el desierto? ¿Podríamos haber ido por otro rumbo? ¿No fue tu voz la que siguió Abraham?

—Mi voz está en todos lados.

—¿Has sido Tú quien nos ha guiado todo este tiempo, o hemos seguido a un falso Dios? ¿Cómo saber cuál es tu voz?

—Mi voz está. Es. Es como el sol y como el mar. Son. ¿Qué hacéis con el sol? Podéis quitaros el frío bajo sus rayos o quemaros la piel hasta encandecer en medio del desierto y eso no lo dicta nadie. Es. Mi voz es.

—¿Cómo reconocerla?

—¿Cómo reconocéis el sol?

—Porque me ciega los ojos.

—¿Y mi voz?

—Tu voz no me ciega ni me ensordece. No la entiendo siempre.

—Mujer, caminad y haced como os dicten vuestros pasos. Probablemente eso también sea mi voz.

—¿No lo sabes de cierto?

—Yo también estoy aprendiendo.

—¿Y la ley?

—¿Qué pasa con la ley?

—¿Es tu ley?

—Todas son mis leyes, hasta las de los dioses falsos. Todas son mi palabra y mi creación. Lo puro y lo impuro, lo inmundo y lo sagrado. No lo veréis, pero lo que hoy es inmundo en otros tiempos será sagrado y después, al paso de otros siglos, será de nuevo impuro.

—Me confundes.

—No. Juego. Eso también soy. Lo que existe es, y es hermoso porque yo lo hice. Si el día de hoy mi voz declarara que el sol es un castigo por los pecados y que aquellos que os vierais tocados por sus rayos seréis declarados impuros, la humanidad viviría los días encerrada en cuevas y por las noches cazaría bestias como alimento. Y estas bestias se comerían crudas, pues el fuego es una extensión del sol. Su piel sería pálida y transparente y sus ojos estarían habituados a las sombras y a los sonidos. Mi pueblo fundaría el reino de la noche sobre la tierra y las tinieblas serían su casa, el lugar de la paz y la comunión.

—Eso sería abominable.

—Eso sería, si así lo mandara mi voluntad.

—¿Cuál es tu voz?

—Todas son mi voz.

—Me confundes.

—No. Yo juego. Vos os confundís. Lo que está es hermoso porque es. Yo lo hice y por eso es grandioso.

—¿Cómo distinguir entre lo sagrado y lo profano?

—Para eso es la ley.

—¿La ley distingue?

—No. La ley nombra.

—¿Y si la ley se equivoca?

—La ley siempre se equivoca, por eso hay que seguirla, para que algún día alguien despierte y diga: esta ley está equivocada. Y entonces se mueva el mundo.

—Y mientras tanto vivimos jalando la carreta del error y su peso en el mundo.

—Y mientras tanto caminan, ¿qué haríais si no?

—Acertar, comprender, encontrar la verdad.

—El sol, el mar y yo ¿Necesitáis más verdades?

—¿Y si adorase al vellocino de oro, me ganaría tu furia?

—Mi furia no es para María. Nunca lo será. El sol no le teme a la lluvia ni a la oscuridad. El sol es el sol. Mi voz está en vos, siempre lo estará.

—¿Por qué yo?

—Porque el mundo se tiene que mover. Todas mis voces están dichas y mis palabras enunciadas. Lo que se escribe, que dicen que dije yo, no son más que piedras muertas. El mundo se tiene que mover.

—¿Cómo sabes que este camino que he tomado es el correcto? ¿Por qué crees que yo puedo lograr algo distinto que cualquier otra? ¿Qué pasará con José, con nuestros hijos, con su vida? ¿Cómo se es la madre del Hijo de Dios? ¿Dónde estarás mientras tu hijo crece? ¿Cómo podría una mujer como yo protegerlo de todo? ¿Cómo podría una mujer como yo desafiar las leyes y a los hombres de las leyes?

—Sois María, la que mueve al mundo. Eso es hermoso. Creed. Siempre. Y cuando dudéis, creed. Esa es la única ley.

IV NÚMEROS

Son doce las tribus. Doce los pueblos como doce los mundos posibles. Y dentro de cada pueblo y cada mundo posible, doce maneras de mirar y dentro de cada manera de mirar, doce sueños y dentro de cada sueño, doce ideas y dentro de cada idea, doce creaciones y dentro de cada creación existe la posibilidad de que nazcan otras doce tribus. Creced y multiplicad cada creación. Esa es mi voluntad.

Dios

1 Leví

Caminamos, mujer, pero caminamos en orden y en número adecuado. Siempre siguiendo su señal.

Doce tribus, doce príncipes, 613 mil varones entre los 15 y los 30 años, aptos para la guerra.

Y de la tribu de mi padre caminamos los encargados de cuidar el tabernáculo donde se guarda el testimonio de la alianza. Yo tengo la tarea de curar a los hombres del mal de los celos —no es algo que se pueda curar, si me permites decirlo—. Este mal se cuenta dentro del cúmulo de angustias que genera toda propiedad. Por supuesto que se cuentan las preocupaciones. Es importante saber y tener, *por escrito*, las razones por las cuales se azota a un animal que nos traiciona.

Ahora que nuestra alianza está inscrita en piedra, descubrimos que teníamos que escribirlo todo. Aquí, por ejemplo, puedes apreciar el conteo de las pruebas. Si una mujer fornicase con otro que no sea su marido, se le da de beber agua amarga preparada en el tabernáculo por un sacerdote, y si esta le genera malestar y pierde anchura de caderas y se le inflama la panza, entonces es azotada porque los celos de su esposo están fundados en la verdad. Si a la mujer esta agua amarga le sabe dulce, entonces el mal de los celos es causado por alguna de las otras esposas del marido y ella puede seguir caminando. Sus caderas y vientre deben permanecer intactos, eso siempre debe contarse, ¿ves? Aquí es donde anoto las caderas y los vientres intactos y los inmundos.

Soy experto en contar y en hacer recuentos. Mi trabajo es anotar las cosas para responder las preguntas que pudiesen surgir sobre nosotros, pero sobre todo, para seguirnos contando y asegurarnos de que estamos caminando de la misma manera en que nos fue mandado.

Caminamos los hijos de Rubén, Simeón, Gad, Yehuda, Isacar, Zabulón, Efraín, Manasés, Benjamín, Dan, Aser y Neftalí. Aquí es donde lo tengo anotado como lo manda Él. De este lado, una columna con los nombres de los primogénitos, que somos los más importantes a sus ojos. Eso es bueno saberlo, ¿sabes?, porque dentro de los elegidos siempre hay otros más elegidos. Esos vamos en la primera columna. La tribu de los primogénitos es la más importante porque los primeros seremos siempre los primeros. ¿Cómo dices? ¿Los últimos serán los primeros? Te equivocas. Los últimos no pueden ser más que los últimos. Pon atención, no pierdo de vista que eres mujer, pero en el conteo de los años he podido apreciar que algunas mujeres son muy útiles para el conteo, pues su capacidad de contar es adecuada.

¿Cuántas mujeres había en las doce tribus? 613 mil varones entre los 15 y los 30 años, aptos para la guerra. De ahí puedes inferir el número de animales que puede tener y cuidar cada varón y tendrás una cuenta aproximada, pero bastante certera, de la riqueza del pueblo que camina buscando la tierra elegida de los elegidos, que protegieron a los más elegidos, que a su vez protegieron el testamento de la alianza. El testamento *por escrito*, claro está. Si no es así, no tiene validez, ¿me entiendes? Somos el único pueblo al que Yahvé se alió por escrito, por eso somos elegidos y elegimos seguirnos contando *por escrito* para no olvidar. Caminamos siguiendo su señal, que se manifiesta en aquella nube, ¿la miras? Cuando la nube se detiene, entonces acampamos.

Los 613 mil varones entre los 15 y los 30 años, aptos para la guerra, respaldamos la alianza. Por eso protegemos a los que la protegen y si observas, tenemos un orden preciso que nos fue dictado. Siempre marchamos de la misma manera y en el mismo orden, haciendo una formación de diamante, siguiendo la nube, con el tabernáculo al centro, protegido y salvaguardado por nosotros, los primogénitos.

En el centro del tabernáculo está el arca de la alianza. No se puede ver porque alrededor de ella están el resto de las arcas que salvaguardan los libros con nuestras cuentas *por escrito* porque así lo mandó Yahvé. Y de cada libro que dice quiénes somos, estamos haciendo una copia para que los 613 mil varones entre los 15 y los 30 años, aptos para la guerra, no dejemos de escribir lo mismo.

Debo seguir caminando, mujer. Encuentra a tu tribu. Camina con ella y no seas adúltera, que tus caderas se ven bien hasta ahora.

***

Tu piel, José, es un recuerdo constante de leche y miel. Beberte, endulzarme de ti y de mis memorias me hace caminar con fuerza. Estuve contando mis pasos, pero me distraje cuando empecé a mirar al frente.

Amado tejedor de raíces, hoy vi un mar de hombres caminando. Desde lo alto de la montaña los observé: 613 mil varones, entre los 15 y los 30 años, aptos para la guerra, caminaban en círculos alrededor de una montaña que con sus pasos se fue haciendo roca. Ninguna nube les mostraba ningún camino. Aquella marea humana surcaba la tierra bajo sus pies. En su caminar, dejaron un rastro de muerte. Un incontable número de mujeres, de caderas flacas y vientres inflados por los azotes, fueron cayendo alrededor, y sus huesos, triturados por los pasos de sus tribus, se hicieron arena.

Los miré durante un rato. Me agoté de dolor. En el cielo hay incontables nubes de formas y tamaños distintos. Cuando dejé de contar empecé a mirar al frente, y seguí caminando.

2 Caleb

¿Escuchas lo que pienso? Si eres quien todo lo sabe, tengo que pensar que sí, y entonces estarás feliz de saber que estoy cansada.

¿Para qué salí de mi tierra? Estoy cansada y sigo sin saber qué estoy buscando.

Este viaje se vacía de sentido de cuando en cuando. Hoy lo siento vacuo por completo. ¿Por qué me lo permites? Si quieres que haga tu voluntad, ¿por qué no simplemente me matas de hambre y me obligas a volver mis pasos en medio del arrepentimiento? ¿Por qué no me haces tu esclava y me haces parir a cuantos hijos te plazca, como hacen a tantas mujeres? Así ha girado el mundo, ¿por qué no podría seguir girando así?

Me hartas de comida. Las suelas de mis sandalias no se gastan, el agua brota hasta de las piedras sin permitirme conocer la sed. Incluso siento hastío de la carne y el pescado en abundancia.

Estoy vomitando carne.

Y la paz del espíritu no brota como el agua de las piedras.

¿Para qué quieres que camine tanto? ¿Para qué quiero no ser la madre de tu hijo? ¿Para qué habremos salido de Egipto si tendremos que seguir saliendo de otros Egiptos de distintos nombres? ¿Eres Tú mi propio Egipto o estoy huyendo de mí?

¿Cuántas veces tengo que parirme a mí misma, vomitarme a mí misma, resucitarme a mí misma, para que me crezca la paz como crece el pan de los árboles?

Piedras, pasos, pies cansados.

Pies enterrados en la tierra de donde nunca me moví hasta que tu voz me ensordeció y me hizo desear otra cosa. Mis pies estaban enterrados junto con mis ancestros, bebiendo de la misma raíz. Nunca quise romper la raíz y ahora camino, con el pasado disuelto en la sequedad de este desierto.

¿Vivir enterrada en el pasado no es vivir también en ti? ¿No es también tu voluntad? ¿Entonces para qué me hiciste desear otra cosa? Si hay tantas mujeres enterradas en sus hijos y en sus vientres, ¿por qué soy yo la que camina?

Si eres el todo, mi voluntad y estos pasos son tan tuyos como mía es esta rabia.

Ojalá hubiera muerto antes de escuchar a tus mensajeros celestiales. No hubo antes voz alguna que me hiciera mover mis propios pies. ¿Para qué quieres llevarme a otras tierras? ¿Para qué me has hecho hablar con tantas almas y guardarme sus historias? Me están rumiando sin cesar. Voces que comprendo porque destejo sus dolores y las guardo como hebras de un tejido que ha de ser más grande.

Escúchame bien, a esas almas que pusiste en mi camino como faros de una ruta incomprensible, quisiera partirlas a la mitad con la espada de mi huida y regresar a los pies enterrados en la tierra de mis antepasados y desandar los pasos, las historias, las ideas.

Comprendo más de lo que quiero.

Sé quién soy y reniego.

Miro hacia adelante y tengo miedo.

Comprendo quién soy.

Me tendiste una trampa.

Yo no sabía quién soy y me tendiste una trampa para que lo descubriera.

¿Cuántas veces has abierto el mar para nosotras? Ya cruzó el que cruzó alguna vez y de todos modos no conoció la tierra prometida.

Cruzar el mar.

Desandar lo que tantos anduvieron.

Sola.

Con la abundancia en las alforjas y unos pies que de cualquier paisaje hacen camino.

Con el miedo hecho clamor y golpeteo de voces que resuenan por los cielos.

Tú que todo lo eres, ¿alguna vez has escuchado que tus gritos de dolor son tan grandes que los desconoces? ¿En qué me estoy convirtiendo que mi llanto es este sermón que baja de las montañas con ideas que aún no logro ordenar? ¿Para qué me llenas de tantas palabras, de tantos idiomas? ¿Dónde quieres que las guarde?

¿Cuántas veces has abierto el mar para nosotras?

Dices que no me inundarán tus aguas al cruzar este mar, pero ¿cómo sé que no acabarán por inundarme al paso de los años? Soy la que soy y haré lo que tengo que hacer, aunque reviente del miedo como cordero en sacrificio, aunque a cada paso que dé en medio de este mar abierto le acompañe otro mar, el de mis lágrimas. ¿Habrá llorado así mi pueblo temiendo perder tu favor a la mitad del camino y morir ahogado?

Lodo, pies, pasos.

Y mis pies permanecen inmaculados.

Sé quién soy, pero no puedo nombrarlo. No conozco una palabra tan grande.

Aún.

Y mis pasos son ligeros.

Lo que escuchan mis oídos es el mar en su lenguaje íntimo. Y el del cielo íntimo y la arena de adentro y los murmullos escondidos y las palabras secretas. El idioma que aprendo es el que no tiene palabras.

Aún.

El que dice José que solo yo hablo y él disfruta, pero no comprende.

¿Qué hago con tanto? ¿Qué hacen mis ojos con todo lo que están mirando?

Ahora que el mar se divide en dos para mirarme andar, descubro que es mucho más grande de lo que sabía.

José, si estuvieras aquí caminando a mi lado, llorarían tus ojos como los míos, sangre y miel al mismo tiempo. José, hermoso esposo mío, acompañante de mi vida que no estás aquí a mi lado escuchando el sonido de un mar abierto.

Comprendo más de lo que quise alguna vez.

Sé quién soy. Miro hacia adelante y tengo miedo.

No doy marcha atrás. No puedo. No soy estatua de sal. Soy la que ve y entiende. La que guarda e inventa historias.

Soy la que escribirá lo que ve, lo que entiende y lo que desea.

Soy la que escribe y escribirá. La primera.

Nunca antes habías abierto el mar para nosotras. Ahora lo sé. No cruzarlo sería como no respirar. Lo cruzo. Lo honro. Allá, del otro lado, está lo que tengo que desatar. Y mis pasos no andarán sobre los pasos de nadie. Y mis semillas no crecerán sobre las cenizas de nada. Y mis palabras no serán borradas jamás.

3 Eleazar

Aquí puedes sentarte, María. Carne, pan, miel y agua a tu disposición. No desconfíes de mí. Soy un hombre simple que aprende en facilidad. Tu nombre ya lo sabemos. Ha corrido la voz por esta tierra de una mujer llamada María, que lleva la abundancia en sus pasos. Debo confesar que te he seguido. Delante de ti brota el trigo y tras de ti los pozos de agua se abren y brotan siete días. Sé todo de tu caminar. No entiendo bien por qué lo haces, pero sé todo de tu caminar. Por supuesto que me sorprende que una mujer ande sola esta tierra o cualquier otra tierra del mundo, pero no ha nacido aquel que cuestione sus designios y quede vivo. No lo sabes, pero tras de ti han muerto cientos que venían a tomarte y matarte. Unos enviados desde el templo, otros de Canán y Obot. En el pozo que se abrió en Moab, a tu paso, bebieron agua tus asesinos. Y se hizo su voluntad, pues tu sed fue calmada en ese pozo y segada la vida de los que detrás de ti bebieron. Y del mismo pozo bebió la vaca que venía conmigo y durante siete días con sus noches brotó dos veces más leche de sus entrañas. Y del mismo pozo bebió este que te habla y nada me sucedió. Soy un hombre simple que aprende con facilidad.

A los que tienen el demonio contra ti, María, les espera la muerte.

Te confieso que los primeros días de seguir tus pasos, el peso de las alforjas me hacía caminar cada vez más despacio y mis rodillas comenzaron a crujir. Así que me hice de una burra que compré gracias a las riquezas que fui recogiendo tras de ti. Esa burra me ayudó a cargar la carne seca, los jarrones de agua que se hicieron vino dulce, frutos que fui secando en los días que decidiste subir al monte. Quise seguirte, pero las zarzas se cerraron a mi paso y se incendiaron frente a mis ojos. Soy un hombre simple que aprende con facilidad. Si una zarza ardiente me cierra el camino, yo espero a un lado.

A lo alto del Nebo, solo María y aquel que subió antes de María. Los demás no necesitamos saber lo que no hemos venido a saber.

Y en tu ausencia, olivos llenos de frutos brotaron llenando dos sacos. Al continuar tu paso, mis rodillas comenzaron a doler de nuevo. Era extraño, pues nada estaba a mis espaldas sino en el lomo de la burra. En la siguiente villa con los sacos de olivos compré dos burras más. Esta vez las cargué de quesos que pude hacer mientras en el templo te sumergías en las aguas sagradas. Estuviste dentro de sus muros el tiempo suficiente para poder comprar unas cabras gracias a la dulzura de los frutos secos que guardaba en mis alforjas. Me hice de una báscula para poder venderle un poco a cada mujer que me arrebataba hasta las migajas de los frutos. La dulzura, decían, les hacía sentir cosquillas en el vientre. Yo había comido de los mismos frutos y sí, tengo que aceptar que el sabor era muy particular, pero jamás sentí hormigueo alguno, pero yo soy hombre simple que aprende con facilidad. Si estos frutos son solo para el gozo de las mujeres, yo lo miro a un lado. No pregunto.

Muchas cosas extrañas pasan detrás de los pasos de María y no todos estamos llamados a comprender, solo a testificar.

Me hice un hombre rico y las rodillas no dejaron de doler, de hecho, cada vez dolían más. Entenderás que siendo un hombre simple que aprende en facilidad me sentí estúpido de no poder hacer nada por mis rodillas hasta que te vi regalar una parte de tu pan a aquel hombre de Samar. Detrás de tus pasos le dejé en el regazo un poco de queso, una piel de cordero y un jarrón de vino. El dolor desapareció y los prodigios aumentaron.

De tus pasos brotaron cada vez más frutos. Los animales tenían más críos sanos y robustos y el agua era más abundante. Y así como abundante fue la cosecha de tus pasos, abundante fue el diezmo que he repartido tras de ti. Y a cada bendición recibida, la respuesta ha sido la misma. No es mía la riqueza, les digo, soy un administrador de los prodigios de Yahvé y es su voluntad que sean repartidos de esta manera. No usen los animales para el sacrificio, les aconsejo, les dolerá la espina del cuerpo si lo hacen. Confíen en mí, soy un hombre simple que aprende en facilidad.

He querido seguirte, María.

Soy el primer hombre que sigue a esta mujer. No pregunto, solo aprendo. Administrar tus parabienes no ha sido sencillo. La abundancia asfixia si no se reparte, así que he dejado burras cargadas en cada campamento a nuestro paso. En el primero dije tu nombre y las fiebres me atacaron tres días. Este pueblo no debe saber tanto de ti y esa es su voluntad. Yo soy solo un hombre simple que aprende con facilidad.

Lo que duele, después mata, lo que place, limpia el alma.

Camina, María. Tus pasos, sin importar la razón que los encauza, hacen frondoso este desierto.

4 Balaam

Escúchame, Balac.

Tus sabios llegaron a decirme que frente a Jericó acampó una mujer que no ha podido ser detenida por nadie. Camina, según me dicen, desde 8 Tammuzz hasta el día de hoy. Necesitamos de tus oráculos para hacer que no camine más, me pidieron.

¿Y para qué querría un hombre poderoso como yo detener a una mujer que camina? Si los pies de esta mujer se ensucian con el polvo de los pueblos, ¿quién soy yo, que no soy su esposo o su padre, para castigarla?

Tienes que detenerla, me pidieron. Hay hombres de otros pueblos, que encierran a sus mujeres como a sus cabras y no es nuestra voluntad decir que se equivocan.

En nuestros pueblos no es así, les dije. Aquí las mujeres caminan con la tranquilidad de que los hombres de su tierra no las tienen por indignas por el simple hecho de andar de un lado a otro. Esa ha sido la ley que los padres y los esposos y los hermanos y los hijos hemos adoptado con tranquilidad en el alma. Nuestros animales y nuestras mujeres son libres de andar, pues nadie roba la propiedad de nadie. Somos un pueblo de hombres de paz y eso nos ha dado a conocer. ¿Por qué querría, mi buen aliado Balac, que detenga yo a mujer alguna?

Con efusividad y precisión me describieron a una mujer que a su paso siembra paraísos. Ha traído muchos problemas, dijeron, pues los otros pueblos se están negando a rendir tributos, incluso han comenzado a decir —en voces aún de poco volumen, pero no por ello menos peligrosas— que quizás debieran seguir a la mujer de la abundancia en vez de a los hombres de paz. Por eso tu vecino, que ha mostrado su fuerza otras veces y ha prestado ejércitos a tu reino sin chistar, te pide ahora que maldigas a esa mujer para que las bendiciones dejen de brotar a su paso. Cada vez son más quienes se impresionan con su magia, y eso es peligro anunciado por fuerzas oscuras. En efecto, también somos un pueblo de paz y respetamos a las burras, las cabras y las mujeres que viven fuera de los corrales, pues así la leche que brota de sus entrañas hace mejores quesos y la dulzura que emana de sus labios nos acaricia de mejor manera, pero nuestras bestias han sido castigadas cuando rebasan los límites de la tierra.

Y fue así que los sabios me recordaron a aquella cabra que sacrificamos cuando cruzó el río.

Cierto es, les respondí, que para conservar la paz de nuestros pueblos es necesario que las costumbres extrañas de extranjeros y gentiles se sigan de largo y nos dejen disfrutar en tranquilidad de nuestro orden. Y está escrito lo que pasa cuando por culpa de una mujer se transgrede el orden. Nuestros reinos hermanos son un paraíso de paz y así han de conservarse.

Escuchadme, y así como son mis palabras deben ser dichas a Balac, les dije. Esta misma noche pediré a Yahvé que hable a través de mí para que la maldición detenga a esa bestia que se mueve sin duda alguna por fuerzas malignas, para que maldiga sus pasos y detenga los trucos baratos que la distinguen.

Dispuesto estaba a pararme a la orilla del río, donde otras veces he bendecido a los ejércitos. Pedí a los sabios y a todo hombre que me acompañaba que me dejaran solo, pues así ha sido otras veces. En las aguas de este río que nos regala la vida, sumerjo mis pies y ruego a Yahvé por la palabra justa y así me lo ha concedido. Escucho sus palabras y las repito una y otra vez para no olvidarlas y así, con esa precisión, las digo en voz alta ante mi pueblo.

Lavé manos, pies y rostro como dice la ley y escuché con atención lo siguiente:

A sus sabios envió el rey vecino
a suplicar por maldiciones para la mujer que camina,
a suplicar maldiciones para la mujer que canta,
a suplicar que maldiga a la mujer que ríe.
¿Cómo maldeciré yo a quien no ha maldecido a Dios?
¿Cómo voy a execrar a quien no ha execrado a Yahvé?
Desde la cima de las peñas la veo, desde lo alto la estoy contemplando.
Es una mujer que habita aparte y no se cuenta entre los hombres.
¿Quién ha de ser el pedestre y vulgar que ha de contar sus bendiciones, numerosas como son?

Aquel que le desea la muerte, le desea entonces la muerte a Yahvé.

Levanté mi rostro y el agua se irguió a la altura de mis ojos, y de ese pequeño remolino surgió un ángel con su espada que se postró a mis pies como tantas otras veces que su voz he escuchado. El ángel selló sus palabras en mi corazón y se disolvió en el río para seguir corriendo entre las aguas.

Sé lo que estás pensando, amigo mío, que el demonio mismo habló por mi boca. Lo mismo pensé yo cuando aquel ángel de agua se fue, y por eso no repetí sus palabras como otras veces, para no guardar voces oscuras para los hombres de paz.

Esa noche dormí el sueño más revuelto que ningún hombre haya soñado. Ríos de sangre, hombres enterrados o vueltos estatuas de sal, caminando alrededor de una piedra gigante sin rumbo alguno. Sonidos de campanas ensordecedoras.

Al despertar, pensé que lo único que habían hecho los sueños era confirmar que esa voz que escuché no fue la enviada por Yahvé. Mil tormentos me rodearon. He perdido su voz, pensé. A tus sabios les dije que no había escuchado nada, pero que intentaría una noche más.

Y así lo hice. En soledad anduve mis pasos hasta el río. Lavé pies, manos y rostro y supliqué por escucharle. Estas fueron sus palabras:

Levántate, Balaam, y escucha:
No es Dios un hombre para que mienta
ni hijo de hombre para que se arrepienta.

Si Él dice una cosa, ¿no la hará?
Si Él habla, ¿acaso dejará de cumplirlo?
He aquí, la bendición está dada.
No hay perversidad en la mujer,
Yahvé tu Dios está a su lado.

¿Es Dios quien la ha sacado de su casa?, pregunté.

Su fuerza es como la del toro,
no hay magia en ella ni adivinanza que la siga.
A su tiempo sabrás, como lo sabrán los hombres de paz,
lo que ella vino a cumplir.
Bendita es entre todas las mujeres.

Pero ¿es Dios quien le ha dado permiso de salir de su casa?
    Levanté mi rostro y el agua se irguió a la altura de mis ojos, y de ese pequeño remolino, un ángel con su espada se postró a mis pies una vez más y se disolvió en el río para seguir corriendo entre las aguas.
    No puedo desoír las palabras de Yahvé haciendo algo contrario a su petición, pensé. Pero Yahvé no respondió a mi pregunta. Si hubiese sido su voz no hubiera dudado en responder, puesto que no puede ser que Él mismo rompa la ley que dictó. Y es en su ley que está dictado que es la mujer la criatura que sigue al hombre y bajo su manto de cuidado permanece, y así se construye la paz y somos un pueblo de paz.
    Así que una tercera vez acudí al oráculo, después de una noche sin sueños. Permanecí despierto a fuerza de golpear y quemar mis manos. No me ha de vencer el mal, pensé.

A la noche siguiente acudí en soledad a escuchar su voz. Estas fueron sus palabras:

Balam, el varón de ojos abiertos,
el que oye los dichos de Dios,
el que ve la visión del Omnipotente,
ten abiertos los ojos:
Cuán hermosa es la vida de esta mujer,
como arroyos infinitos,
como huertos junto al río,
como árboles plantados por Yahvé,
como cedros junto a las aguas.
De sus manos destilarán aguas,
y su descendencia será en muchas aguas,
y su reino será engrandecido.
Tiene fuerzas como de búfalo.
Tiene fuerzas como de leona.
Y como leona, ¿quién la despertará?
No has de ser tú ni otro hombre de paz.
Benditos los que la bendijeren,
y malditos los que la maldijeren.

Se encenderá la ira de Balac contra Balaam, grité. Para maldecir a esa mujer se me ha llamado, y he aquí que la he bendecido ya tres veces. Y así le dije a tus sabios. Si Balac me diese su casa llena de plata y oro, yo no podré traspasar el dicho de Yahvé para hacer cosa buena ni mala de mi arbitrio, mas lo que hable Él, eso diré yo. Y esto es lo que digo, querido amigo, querido hermano:

Soy Balaam, hijo de Beor,
el varón de ojos abiertos,
el que oyó los dichos de Yahvé,
el que sabe la ciencia del Altísimo,
el que vio la visión del Omnipotente;
los brazos caídos, pero abiertos los ojos:
lo veremos, mas no ahora;
lo miraremos, mas no de cerca.
Saldrá estrella de María,
y se levantará cetro de sus manos
y calmará las sienes de los hombres de paz.

***

Mi amado José. He dormido tres días con sus noches fuera de los muros de Jericó. En los sueños, cientos de barullos de hombres me arrullaron. Son ahora las palabras que pienso las que guían mis pasos. Seguiré mi camino.

Las palabras, José. Voy sembrando las palabras.

5 Cozbi

Una espada atravesando el torso de ella —la tentación—
y él —quien cae en la tentación—.
   Eso te han dicho que pasó. Esa fue la orden de Dios,
te gritaron. Y mirando el llanto de la madre abrazando
a su hija, me nombrasteis en silencio, maldiciéndome.
A mí, que no hago más que abrazar vuestro camino.
   Por una espada atravesada en el vientre de una mujer
me habéis culpado y maldecido.
   Por distraerte con una espada no entendéis que sois
más grande.
   No lo entendéis porque vuestra vida podría ser segada con una espada que atravesara vuestro vientre o
una piedra que rompiera vuestros huesos o un filo recorriendo vuestro cuerpo. Por eso creéis que el mayor
problema del mundo es una espada.
   No lo es. Hay historias más grandes. No, no hay ley
absoluta. Solo yo soy absoluto, ¿lo sabéis?
   La ley que seguís os dice que, si dejáis de caminar,
moriréis. Si volvéis atrás, pereceréis vuelta sal. Si de la

furia resultáis presa, vuestros pies de llagas se han de llenar. Si habláis de más y de mi favor os ufanas, de piedra la lengua se volverá. Si desviáis vuestro camino y en el miedo os resguardáis, un rayo de fuego os acabará. Pero si no negáis mi nombre y bajo mi resguardo continuáis, entonces la abundancia será vuestro carruaje y barca. Y seguiréis esta ley para continuar vuestro camino, y antes de cada alimento en mi nombre daréis gracias por los frutos de la tierra y la carne de los animales y la leche de las cabras y los quesos y los panes y el fuego que hornea los panes. Daréis gracias y entonces comeréis. Daréis gracias y entonces caminaréis. Daréis gracias y entonces dormiréis, y antes de dormir rogaréis por despertar, y al despertar daréis gracias por mirar la luz del sol, y al mirar la luz del sol recordaréis que también el calor que os abraza es mi creación, y adoraréis por entero mi obra como adoráis las minucias, las pequeñas bestias, las gotas de lluvia, las ramas secas que usaréis para encender el fuego y ahuyentar a las otras bestias que tienen por mandato devoraros. Y las bendeciréis porque ninguna bestia creada por mi gracia dañará a la enviada que recorre los caminos.

¿Y eso creéis que dice mi ley? ¿Creéis que soy tan poca cosa como para limitarme a una ley?

Dios no ha escrito ninguna ley, ¿no lo sabéis?

Y mi voz calla para no estorbar.

Hoy mi voz se disfraza de vuestra voluntad, y así ha de ser hasta que este camino terminéis. Y entre oblaciones, sacrificios, rezos, santuarios y altares, los pueblos que matan y han matado a las que son como vos, seguirán sus días habitando y atravesando vientres pecadores con espadas purificadoras y así ha de ser mientras vuestro andar es.

Ellos rezan y matan. Vos camináis.

Ellos rezan y matan. Vos comprendéis.

Ellos rezan y matan. Vos imagináis.

Para que al final de estos días sea María la que de su puño y letra escriba el rezo que ha de ser la siguiente alianza, la que olvida la ley pues ya no hace falta, la que borra el sacrificio pues deja de tener sentido, la que puede rezarse en gozo y alegría.

Ese rezo y esa ley no los he de escribir yo.

Y entonces rezaréis y el mundo caminará.

Rezaréis y el mundo comprenderá.

Rezaréis y el mundo imaginará.

Seguid caminando, que vuestro andar es más grande y no podéis entender que la espada en el vientre no tiene explicación, pues no es orden de Dios que este pueblo robe a las mujeres y asesine a las ancianas, ni que incendie sus casas y corte las cabezas de sus sacerdotisas. Tampoco es orden mía que aquel otro pueblo muela a palos a aquellas que faltan a una ley por tener diosas de barro.

No es orden de Dios que los hombres odien a las mujeres y a los otros hombres de los otros pueblos, pero así ocurrirá.

Yo no ordeno.

No puedo evitar que me maldigáis, como no puedo evitar que los hombres usen espadas en mi nombre, porque las usarán mucho tiempo más.

No evito. No ordeno. Creo y rezo.

Dormid, María. Yo rezaré por vos y bendeciré lo que tocáis con los pies, las manos, los ojos y la voluntad.

Vuestro paso abre caminos que abren océanos, que abren futuros. Yo cuido vuestro camino y lo venero. Yo no ordeno, creo. Y a vos os he creado para creer.

Son doce las tribus. Doce los pueblos como doce los mundos posibles. Y dentro de cada pueblo y cada mundo posible, doce maneras de mirar y dentro de cada manera de mirar, doce sueños y dentro de cada sueño, doce ideas y dentro de cada idea, doce creaciones y dentro de cada creación existe la posibilidad de que nazcan otras doce tribus. Creced y multiplicad cada creación, esa fue mi orden y mi voluntad. Si entre las doce maneras de habitar el mundo decidís que la mejor es la que atraviesa los vientres de las mujeres, no es voluntad de Dios, es decisión de los hombres.

V DEUTERONOMIO

La tierra que os doy es todas las tierras.
Que no haya ninguna tierra que prohíba
ningunos pasos de ningunos pies. Todos los
pies son sagrados para pisar todas las tierras.
Eso es lo prometido.
Dios

1 Marcos

Siéntate a mi lado. Acompaña un tiempo a este anciano antes de continuar tu camino, María. No te sorprendas, esta boca de hombre sabe tu nombre. Por estas tierras ya todo mundo sabe tu nombre y quienes pueden escribir lo hacen, y sus escritos serán guardados para ser leídos en otros tiempos que no son los tuyos.

Tus pasos, tus palabras, lo que miran tus ojos, con quiénes hablas y los caminos que eliges están siendo escritos en varias lenguas. Escribas de las montañas, del desierto, del mar, de la tierra donde naciste y las otras tierras que no conoces, están contando las historias de María. Se hace de muchas maneras porque serán destruidas las más, quemadas otras, escondidas unas cuantas, conocidas en estos tiempos, ninguna.

Se ha roto el silencio de Dios. Su nueva palabra está en la boca y en los pies de una mujer que camina, que no deja de caminar, ¿lo sabes?

¿Qué sientes?

Los que escribimos su palabra nunca lo sabremos. Nunca le escucharemos. Solo rastros de su aliento alimentan nuestra tinta, o eso es lo que creemos.

Muchas de sus palabras han sido redactadas por estas manos que ves. Así me fue mandado por ser aquel que sabe escribir y contar lo mirado.

Para llevar a cabo esta tarea, me siento en la parte más alta de esta montaña a mirar el pasado, lo que estos ojos cansados han visto y lo que estos oídos han escuchado. Y es entonces cuando ocurre: aparecen ante mí las historias, los ejércitos, los ríos de almas, ángeles que susurran su palabra, reyes, profetas, primogénitos expulsados que fundan otras tribus con otras leyes. Estos ojos han visto la multiplicación de sus pueblos por cientos, por miles. Y han visto también las tierras que les han sido dadas, las que han ocupado y aquellas de las que han sido expulsados.

Los pueblos de Dios son tinta que ya ha sido escrita por estas manos todas las veces que la luz del sol me lo ha permitido. ¿Ha sido la voz de Dios la que me ha inspirado? No puedo saberlo.

¿Cómo es la voz de Dios?

Quienes la escribimos no lo sabemos. Nos han contado lo que contamos y así lo hemos repetido, pero no sabemos decir si es suave o ronca. Su voz. No tenemos manera de saber si son unas sus palabras o algunas otras.

¿Cuál es la lengua de Dios?

¿Acaso habla una lengua de estas tierras? Es necesario pensar que conoce todas las lenguas. ¿Es su voz más dulce de acuerdo con la lengua que habla? ¿Acostumbra a hablar por las mañanas o por las noches?

¿Cómo saben las personas como tú que una zarza ardiente no es tan solo una zarza ardiente? ¿Cómo diferenciar una lluvia —que no es otra cosa que su llanto— de otra que refresca la tierra? ¿Cuándo esa tormenta es su furia gritándonos y no un concierto de viento y truenos?

¿Cómo suena la voz de Dios? ¿Le has preguntado por qué no la escuchamos quienes la escribimos?

Yo escribo. A eso vine al mundo. Con lo que me ha sido contado pongo cuerpo, voz, rostro y forma. Agrego la luz del día o de la noche y los sonidos que acompañan.

¿Así es su voz? ¿Son mis letras inspiración divina? Si lo fuera, ¿tendría yo tantas dudas?

Lo que estás haciendo, María, será escrito por cuantas voces y cuantos pueblos te han testificado. Algunos de esos textos sobrevivirán, pero no todos, porque muchos son los hombres que querrán matar tu historia. De los escritos que sobrevivan algunos serán bien leídos y bien interpretados y puestos en un único libro dado a conocer en el momento preciso. ¿Cómo lo sé? Porque me ha sido dicho que así ha sido con los que vinieron antes de ti y que así será porque esa es su manera.

Y tu historia ha de completar lo que estaba incompleto.

Y tus pasos serán puentes que nunca más serán destruidos.

Y tus palabras serán dichas en todas las lenguas.

Y lo que cantas cuando caminas será bendecido y esparcido como semilla de bonanza. Es hermoso tu canto.

Sí. Todo esto que te digo es lo que ya está escrito y que seguiré escribiendo porque la tinta en el papel es una ola que se hace tormenta o calma o río o brisa o todas al mismo tiempo.

¿De dónde salen mis palabras? Me gustaría pensar que de Él, pero tengo demasiadas dudas. Este cuerpo es un vehículo, sí, pero de las historias de las miles de bocas que cuentan historias. Este espíritu es tamiz, sí, pero de las imágenes de los miles de ojos que me cuentan sus imágenes.

No se relata todo lo que se escucha, sino aquello que dentro de miles de años ha de ser escuchado.

Así es, María. Tú lo vives y los que somos como yo, lo narramos. Tú lo escuchas y nosotros lo contaremos. Satisface mi curiosidad. ¿Él te escucha a ti? No digas nada. Mi trabajo no es preguntar, es ayudar a responder.

Gracias por tu compañía. Mirarte y tocar tus manos ayuda a este anciano a comprender lo hecho y lo que está por hacerse. Tus hechos serán guardados lo mejor posible por este enamorado de las letras.

Una última cosa, si Él te escucha, ¿podrías decirle que me hable, por lo menos una vez antes de morir?

***

Amado José, yo escucho la voz de Dios. ¿La escuchas tú también? No. No tengo dudas, no es un viento que interpreto ni una tormenta que me empuja a pensar tal o cual cosa, ni un fuego que me cuenta claves o acertijos. Es una voz que dialoga conmigo. Estuvo siempre, ahora lo sé. ¿No lo escuchas tú?

¿Quiénes, además de mí, le escuchan? ¿Quién soy yo? ¿Por qué ha roto su silencio conmigo?

Mi camino, esposo mío, al parecer es más grande de lo que yo sabía. Mi camino no es solo mi camino. Será contado por miles de voces, letras y modos, y ocultado y vuelto a ocultar y vuelto a contar, y tenderá puentes entre los pueblos que han dejado de escuchar.

¿Hacia dónde debo caminar ahora? ¿Estos pies que buscaban el camino de María ahora buscan el camino de los pueblos? ¿Y si yo no quiero?

Puedo no tener a su hijo, eso lo sé. ¿Puedo no escucharle? Ha estado siempre. Existir sin su voz sería como dejar de respirar.

¿Quién soy? ¿Has sabido tú que soy la que soy?

No tengo miedo de caminar, siento escalofrío del eco de mis pasos. Sí. Los escalofríos son su aliento convertido en una serpiente que sube por mi espalda. Eso también lo sé.

2 Elohim

Escuchad los estatutos y decretos que pronuncio en vuestros oídos; aprendedlos y guardadlos, para ponerlos por obra. Hice pacto con vos en Horeb. Cara a cara hablé con vos y los vuestros en el monte de en medio del fuego. Vos estabais entonces entre Yahvé y los pueblos, para declarar mi palabra, porque vuestro pueblo tuvo temor del fuego y no subió al monte. Y dije entonces: yo soy vuestro Dios, que os saqué de la tierra de faraones, de casa de servidumbre. No tendréis dioses otros que no sea yo ni haréis para vosotros escultura, ni imagen alguna de cosa que está arriba en los cielos, ni abajo en la tierra, ni en las aguas. No os arrodillaréis ante imagen alguna, ni le serviréis; porque yo soy vuestro Dios, el fuerte y celoso, que castiga la maldad en el cuerpo de los hijos por culpa de los padres, pero soy misericordioso con los que guardáis mis mandamientos.

—Espera, ¿hay otros además de ti?

—¿Intentáis desobedecerme?

—No, quiero saber.

—No podéis adorar a otros.

—No es eso lo que busco. Quiero saber.

—No diréis mi nombre en vano. Guardaréis el día de reposo para santificarlo, porque así os lo mando para que no olvidéis que no sois esclava. Los esclavos no descansan y mi pueblo no es esclavo.

—Tu pueblo esclaviza a otros pueblos.

—Todos los pueblos son mi pueblo.

—¿Entonces no hay otros como Tú?

—Estáis blasfemando y me interrumpís.

—No blasfemo. Te honro, pero quiero saber.

—Seis días trabajaréis y haréis toda vuestra obra y la haréis lo mejor posible.

—¿Eres Tú el Todopoderoso también de los pueblos que nos esclavizan?

—Todos los pueblos son mi pueblo. Si mi pueblo esclaviza a otro pueblo, se está esclavizando a sí mismo.

—¿Eres el único Dios de todos los pueblos?

—Son vuestras palabras, no las mías.

—¿Y eres el Dios de los pueblos que arrasan a los otros pueblos?

—Honrad a vuestra madre y padre, para que entendáis cómo se honra la raíz. Aprended que nada viene de ningún lado y todo va hacia el mismo lugar. Si honráis la raíz entenderéis cuándo hay que quemarla y cuándo hay que conservarla.

—¿Y en ese lugar donde está tu voz existen los que son como Tú?

—No me interrumpáis. Debéis saber lo que dice mi voz.

—Sé lo que dice. Ha estado ahí siempre. Pero tu voz esconde cosas que quiero saber.

—Las sabréis.

—¿Cuándo?

—En su momento.

—No es suficiente. Quiero saber.

—No matarás.

—Y los que han matado para que yo esté viva, ¿están condenados para siempre?

—No robarás.

—Y los que han robado para que yo coma, ¿están perdonados porque es tu voluntad que yo tenga más comida que las demás?

—No codiciarás la tierra de vuestro prójimo, ni su siervo, ni su sierva, ni su buey, ni su asno, ni cosa alguna de vuestro prójimo.

—Y quienes codicien mi tierra, mis bueyes y todos los bienes que me has prodigado en este largo camino, ¿no tendrían razón? No he hecho nada para obtenerlos más que nacer con tu bendición. ¿Los castigarás aunque tengan razón?

—¿Qué queréis que haga? ¿Que llene vuestro camino de desgracias? Tres veces el tiempo de la vida ha de pasar para que terminéis este camino que elegisteis. El que elegisteis vos. Yo solo he procurado que ocurra en abundancia para que os convenzáis de que tener a mi hijo será también una elección de abundancia. Elegisteis caminar y aquí estoy, acompañando vuestro andar como he acompañado vuestra vida.

—No entiendo qué quieres de mí.

—Que seáis la madre de mi hijo.

—No mentirás, dijiste. Lo repetiste hasta el cansancio. En la montaña, en los valles, en el mar, así en el cielo como en la tierra. Y ahora me mientes. Hay más en tu intención.

—No miento.

—¿Qué más querrás de mí?

—Lo sabréis en su momento.

—Entonces sí quieres más cosas de mí. Quieres que sea tu esclava, que tenga a tu hijo y me someta.

—María, la primera. María, la que camina. María, la de los ojos de vieja. María, la primera que no es esclava.

—¿Antes de mí?

—Lo fueron todas.

—¿Por qué yo no?

—Porque yo también aprendo.

—Estás llorando.

—Yo también me arrepiento.

—¿Qué más quieres de mí? Soy la que camina, la que te escucha, la que canta tu voz. ¿Qué más quieres de mí? ¿La que soy no es suficiente?

—Nunca es suficiente si podéis crear todo. Yo también aprendo y quiero más.

—¿Quién soy?

—Sabrás quién sois cuando lo estéis siendo, no antes.

—¿Estás solo?

—Si tan solo entendierais. Mi voz ha estado ahí siempre para unos cuantos porque vosotros se tienen entre sí para escucharse. Yo os escucho y me arrullo y me inspiro y me alegro y me enfurezco y me fascino y me asfixio y me asqueo y me río. Me río tanto. Y suspiro y me contengo y me enternezco y me frustro y me desespero y lloro. Lloro tanto. Y con todo esto que siento aprendo que no estoy solo. Están ustedes y no estoy solo.

—¿Entonces no hay otros como Tú?

—¿Cómo sabéis que vos no sois como yo?

—Ahora Tú estás blasfemando.

—No, amada María, susurrar en vuestro oído lo que miro de vos no es blasfemar.

—¿Soy como Tú?

—Lo sabréis en su momento.

(…)

—¿Este viento que se escucha en mis silencios también eres Tú?

—Sí.

(…)

—¿Puedo pedirte algo?

—Sí.

—No te quedes en silencio.

—No lo haré.

(…)

—¿Te pido algo yo a vos?

—Sí.

—No dejéis de preguntarme.

—¿Porque Tú también aprendes?

—Porque yo también aprendo.

3 Simón

Amado José, son dos las voces que me acompañan en mi camino. Mi camino que ya no es solo mío. Hay personas que vienen detrás buscando la abundancia. Detrás de mí rezan. De vez en cuando se acercan y me hacen preguntas. Yo no sé más, les digo lo que sabemos quienes hemos habitado este pueblo que sigue los preceptos.

¿Quién eres?, me han preguntado. Soy María, les respondo. ¿Eres hija de Dios? ¿No lo somos todos?, les respondo. ¿Qué mandato especial tiene para ti?

¿Qué mandato especial tiene para mí, José? Parir a su hijo. ¿Qué no es todo este pueblo su descendencia? ¿Y los otros pueblos? ¿De quién descienden?, me preguntan. Solo hay un Dios, por lo tanto, solo hay un origen. De ahí venimos quienes caminamos y quienes quedan trenzando raíces que se hacen umbrales, que sostienen techos, que guardan familias, que no soy yo. María y José también descienden del origen único y eso no se olvida. ¿Por qué sería especial un hijo que viniera al mundo a través de mi vientre?

José de mis amaneceres, al abrir los ojos eres tú el primero en mis pensamientos. Mi voz y la suya rezan juntas para que tu jornada ocurra en bienestar y abundancia.

Una madrugada en estos caminos desperté con la penumbra en el alma pensando en ti. Soñé tu muerte y quise volverme a tus brazos. Su voz me detuvo. Mientras sea el camino de María, el recorrido de los pasos que se preguntan para responderle a Dios, José será cuidado y bendecido y en su casa no faltará aceite, ni olivos, ni pan.

Ahora esta mujer es tres mujeres, José. La que se ocupa de pensar en ti, la que camina y comprende, la que habla con el pueblo que la sigue y escribe lo que ha de quedarse escrito. Las tres abren los ojos al mismo tiempo, te bendicen, como lo primero del día y entonces puedo respirar. Su voz reza conmigo. Su voz está siempre, como siempre ha estado, solo que ahora no le huyo ni finjo su ausencia. Es parte de mí, como un brazo, pero más. Como mis ojos, pero más. Dios está conmigo y acompaña mi camino. Guarda silencio cuando necesito tu abrazo y te evoco hasta mi lecho. Guarda silencio cuando necesito llorar a solas. Guarda silencio y me escucha cuando hablo a los pueblos.

Mi amado José, la primera mujer, la que solo piensa en ti, tiene tantas preguntas como estrellas el cielo. Si fuera mi voluntad tener a su hijo, ¿cómo es que su semilla entrará en mi cuerpo? He sido únicamente la mujer de José y no es mi voluntad ser de otro esposo. ¿Se hará carne y entonces en mi lecho entrará y se hará padre del hijo nacido de mi vientre? ¿Sucederá de pronto que en mí llevaré la simiente sin haber hecho cosa alguna, como ha caído el maná del cielo sin haber hecho cosa alguna, solo por su voluntad? He visto salir agua de las piedras y multiplicarse el pan. Su voluntad es capaz.

José, tejedor de raíces, no quisiera concebir un hijo sin estar en tus brazos. Extraño tu abrazo milenario.

La segunda mujer que habita en mí cada vez tiene los pasos más firmes. Su camino es claro. A veces la miro como si no fuera yo. Cuando soy esa que en tus brazos nace y muere, José, la miro como si fuera una extranjera que no soy yo. Ella es grande como reina, ríe como quien ha elegido la bendición; todo lo respira, lo observa, lo comprende. Sus piernas son fuertes y sus brazos se alzan al cielo como queriendo alcanzarlo. Nunca se cansa. Camina y camina y camina y nunca se cansa.

La segunda mujer que habita en mí es la que más habla con Dios. Discuten a veces por días enteros en las soledades del desierto. Porque a los desiertos y a lo alto de las montañas voy sola, amor mío. La gente de los pueblos teme la aridez y la altura. Ahí está la cara furiosa de Dios, dicen. Y esperan mi regreso. La segunda mujer que habita en mí es capaz de permanecer cuarenta días con sus noches discutiendo con Él. Olvidándose de bebida y comida. La segunda mujer que habita en mí es alimentada por una voluntad de titanes.

La tercera mujer que habita en mí era tímida. Nació de la necesidad de entender por qué nos siguen. Porque la luz está contigo, me dicen. Porque la abundancia brota tras de ti y a cambio de esta bendición es nuestro deber cuidar tu camino, me dicen.

Hoy he ido al mar. Un pescador me ha ayudado a cruzar y he podido estar en silencio. El pescador es grande, como tú. Sus brazos son fuertes y embiste las olas con maestría. No es un hombre de palabras. El sonido de las olas y su movimiento me arrojaron a un sueño profundo hasta que una tormenta me despertó.

Y los vientos atemorizaron al pescador de las pocas palabras.

Y su mano tomé para tranquilizarlo y hacerle saber que no hay tormenta que parta en dos la barca en que navega María.

Y los ojos del pescador eran dulces como los tuyos.

Y el viento cantó cada vez más pausado, cada vez más quedo.

Y el agua bailó, alentándose acompasada.

Del otro lado del mar, el pescador me agradeció. Su barca llena quedó y sonrió.

Mi amado tejedor de raíces, tienes ojos y brazos repartidos por el mundo y esa también es una bendición.

4 Samael

—¿Hay más como tú?

—No entiendo tu pregunta.

—¿Eres el único?

—¿Hay alguna otra María que sea como esta María?

—No.

—Ahí tienes tu respuesta.

—Pero hay otras mujeres, aunque no sean María. ¿Hay otros dioses?

—¿Escuchas a otros?

—No.

—Ahí tienes tu respuesta.

—¿Estás también en mis visiones?

—No entiendo tu pregunta.

—Tengo visiones. Sueños. Ocurren cosas que poco se asemejan a algo que haya visto. Tengo sueños que no son míos, pero habitan en mis noches y debo entenderlos.

—Son tuyos. En los sueños juegas a inventar mundos. Experimentas haciendo con el barro de la ilusión lo que es fácil deshacer con el agua del despertar. En tus sueños te estás haciendo como yo. Creas.

—Entonces son falsos.

—Nada de este mundo es falso. Nada que conozcas de los sueños o la vigilia es falso. Incluso lo escrito.

—¿Y las visiones?

—No entiendo tu pregunta.

—Esta mañana, al despertar, un segundo después lo vi. Miles de personas que gritaban al mismo tiempo iban a morir. A punto estaban de juntarse en lo que parecía ser un claro de un gran templo. Una trampa de muerte los esperaba. Fuego, lanzas de fuego que habrían de partirlos en pedazos. Una tormenta los detuvo. Una tormenta tuya los detuvo. Extranjeros todos que vestían de forma que no había visto nunca. Una tormenta tuya los detuvo y mi pecho se aligeró.

—No he visto lo que tú has visto.

—¿No eres el dueño de todo?

—Soy el padre de todo.

—¿Estarás ahí siempre que se necesite detener la muerte de los miles?

—No.

—Eres cruel.

—Soy todo. También cruel.

—He soñado que camino con los miles. Camino en la oscuridad y, sobre mi cabeza, bestias voladoras me protegen. Se abren ante mí las puertas del infierno. Los miles las cruzan, yo observo. De entre las tinieblas vuelven otros miles que caminan de vuelta. Yo observo. En uno y otro grupo hay cuerpos con poca carne, casi en los huesos. Y al fondo, otros tantos queman a los que están muertos. Montañas de flores y muertos se hacen humo entre maderas. Yo observo.

—Lo lamento.

—¿Qué cosa?

—Que hayas aprendido a mirar lo que ocurre donde no estás mientras caminas donde nadie más camina.

—No quiero mirar tanto.

—No lo hagas.

—No sé cómo detenerlo.

—Puedes detenerlo con solo desearlo.

—Es como si el cielo y el infierno estuvieran en mis ojos todo el tiempo.

—Te entiendo. Me pasa lo mismo.

—Pero a ti no te duele, no te asfixia, no te oprime el pecho llenándote de humo de muerto.

—Eso no lo sabes.

—¿Hay algo que te duela?

—Todo. Soy el todo, ¿recuerdas?

—En los brazos de José las visiones se diluyen o se llenan de su arrullo, no lo sé. En los brazos de José mis sueños tienen vida.

—¿Quieres volver de una vez? Así estarás en sus brazos y dejarás en paz esta tortura de caminar sola. Puedes desandar el camino y estar de nuevo en el lecho de tu amado esposo y borrar para siempre los pasos y los pies y las piedras. Tan solo deséalo y en un segundo dejarás de mirar lo que nadie más mira, y dejarás de ser la que nadie más es. Si eso es lo que quieres, María, yo estoy a tu servicio. Si estás cansada de caminar, desea con todas tus fuerzas volver y dejarás de sufrir y de recordar lo que has vivido de este infierno. El mundo es un infierno,

María. Ninguna mujer debería ser sometida a mirarlo completo. Descansa ya.

—¿Quién eres?

—Seré el siervo de la mujer que le dijo que no a Dios. Estoy a tus órdenes señora, a tus pies.

—¿Quién eres?

—Tu protector.

—No eres Él.

—Soy más que Él.

—No eres Él.

—¿No estás cansada de ser su esclava?

—No soy la esclava del Señor.

—Lo eres. Caminas sin sentido para entender un mundo incomprensible y entonces decidir si quieres parir a su hijo. Y entonces parirás a un hijo que han de matar en tus brazos. Y entonces habrás parido muerte y persecución que se han de convertir en la muerte de los miles en su nombre. Serás la génesis de millones de hijos muertos en nombre de Dios y las madres te han de maldecir por haber parido al que dio sentido a tantas guerras y tu vientre será solo muerte. Siempre. Ese Dios que adoras te está destruyendo.

—¿Quién eres?

—Tu rescatador.

—Solo hay un Dios. Solo hay un Dios. Solo hay un Dios. Aléjate.

—Te arrepentirás.

—Omnipotente, sagrado, con tu abundante bondad, guía a tu hija. Solo hay un Dios.

—María.

—¿Eres tú?

—Sí.

—Respiro. No quiero la muerte.

—Gracias por elegir.

—¿Quién era él? ¿Eras tú?

—Supongo que sí. Eso también soy yo.

5 Isabel

Alguna vez yo fui así como tú, hermosa, sin arrugas, con eso que tienes en los ojos que se quita con los años. Tus pies están maltratados por el camino, y sin embargo se conservan suaves. Míralos, son más suaves que mis manos que los lavan. La edad es un torrente en el que viajamos sin propia voluntad. La barca que nos lleva es el cuerpo que se va gastando. No entiendes lo que te digo. Este cuerpo que ves ahora frente a ti ha sido un buen cuerpo. No ha dado hijos porque esa fue su voluntad. Zacarías, mi esposo, ha sido un hombre paciente, como el tuyo, pero tan estéril como aquella higuera que se quedó seca.

Tu esposo no es estéril y es paciente. Tu esposo es distinto.

Lo sé porque todo el mundo lo sabe. El carpintero tiene para con su esposa unas tolerancias que ninguno de los hombres de esta tierra tiene. Unos dicen que es porque un ángel le habló y le prometió la gloria a cambio de no ser el hombre que son todos los hombres.

Otros cuentan que el demonio que habita en su esposa lo tiene dominado como la serpiente hizo con Adán. Otros, que es voluntad del Más Grande y que es mejor no cuestionarla o nos convertirá en piedra como la mirada de la Medusa.

Para no atender lo que escuchaba, sino lo que mi corazón mirase es que he venido a conocerte, como tantos miles que ahí afuera esperan tus palabras.

Te confieso que estaba temerosa. Te morderá como bestia de las tinieblas, me advirtieron. Esa mujer camina sola y, tras de ella, la muchedumbre la sigue sin razón alguna. No te dejes engañar por la abundancia que siembran sus pasos. El maligno tiene muchas maneras de manifestarse y el tiempo suficiente como para engañarnos con sus tentaciones. María está con la oscuridad. Si fuera la madre del Mesías ya lo estaría siendo. ¿Quién podría atreverse a decirle que no a Dios? Te miro ahora y puedo testificar que no hay demonio en tu cuerpo. No sé tus razones ni soy quién para juzgarte, solo quiero contarte lo que nos ha pasado en Judea.

Es mi esposo sacerdote, de nombre Zacarías, miembro del grupo de Abías. Yo soy descendiente de Aarón y ambos hemos sido rectos e intachables delante de Dios, obedeciendo todos los mandamientos y preceptos. Pero no tenemos hijos, porque los dos somos ya, como puedes mirar, de edad avanzada.

Un día en que mi esposo oficiaba como sacerdote delante de Dios, le tocó en suerte, según la costumbre del sacerdocio, entrar en el santuario del Señor para quemar incienso. Cuando llegó la hora de ofrecerlo, la multitud reunida afuera estaba orando. En esto un ángel del

Señor se le apareció a Zacarías a la derecha del altar. Al verlo, se asustó, y el temor se apoderó de él. El ángel le dijo:

—No tengas miedo, Zacarías, pues ha sido escuchada tu oración. Tu esposa Isabel te dará un hijo, y le pondrás por nombre Juan. Tendrás gozo y alegría, y muchos se regocijarán por su nacimiento, porque él será un gran hombre delante del Señor. Jamás tomará vino ni licor y será lleno del Espíritu Santo aun desde su nacimiento. Hará que muchos descreídos se vuelvan al Señor su Dios mediante el bautizo. Él irá primero, delante del Señor, con el espíritu y el poder de Elías, para reconciliar a los padres con los hijos y guiar a los desobedientes a la sabiduría de los justos. De este modo preparará un pueblo bien dispuesto para recibir al Señor, al Mesías, al Ungido, al Encarnado, al Verdadero.

—¿Cómo podré estar seguro de esto? —preguntó Zacarías al ángel—. Ya soy anciano y mi esposa también es de edad avanzada y yo siempre he sido estéril, como aquella higuera que jamás dio fruto.

—Yo soy Gabriel y estoy a las órdenes de Dios. He sido enviado para hablar contigo y darte estas buenas noticias.

—Yo soy Zacarías, esposo de Isabel, descendiente de Aarón y nunca he mirado un ángel con mis propios ojos. ¿Cómo saber que no eres tú un enviado de la muerte que viene a engañarme en mis últimos años de vida?

—Vine a darte la bendición de un hijo.

—¿Y será bendición? ¿Habremos de parir a un hijo y después morir de ancianos sin mirarlo crecer? ¿No es eso más bien una maldición?

—Será tu hijo aquel que prepare a aquellos que lo recibirán a Él. Será tu hijo el primero, el que abrirá camino. Serás el padre del Bautista que se hará famoso en el mundo entero.

—¿Habremos de mirar su fama? ¿Llenará nuestros corazones de satisfacción? ¿Miraremos a nuestro hijo crecer?

—No puedo responderte. Su voluntad decide sobre la vida y la muerte. Yo solo soy el mensajero de su voluntad.

—Mensajero que no tienes el mensaje completo, llenas el pecho de este anciano de angustia. Condenarme quieres a ser un padre cansado de vivir. ¿Cómo puedo entonces acompañar a mi hijo a ser un profeta?

—No dudes de su voluntad. Las cosas han de cumplirse a su debido tiempo.

—Apreciable mensajero, cuando se es anciano como yo, entiendes que el tiempo nunca es el debido para morir y abandonar a tu hijo a su suerte. Tendré que declinar la oferta.

—No puedes. Eso no es posible. No podrías. No podrás. No me retes que no debo faltar a mi obligación otra vez. Tu esposa quedará embarazada en cualquier momento y no está en tus manos impedirlo. Al hijo que nazca lo llamarás Juan y como buen descendiente de Aarón ha de dedicarse a predicar en el desierto hasta que encuentre su misión bautizando a los descreídos en las aguas del mar de Galilea. Ahí ha de bautizar al hijo que tendrá María, y con las aguas y la bendición de Juan, ese hijo sabrá por fin quién es y a qué ha venido a este mundo, y así la rueca comenzará a girar para donde tiene que girar. A tu hijo le cortarán la cabeza como regalo, pero no lo mirarás. Habrás muerto mucho antes.

—No quiero tener un hijo. Rechazo la orden de Dios para no verlo morir.

—No está en tus manos y como has llenado de confusión las órdenes que he recibido y mis palabras no te fueron suficientes, te vas a quedar mudo. No podrás hablar hasta el día en que todo esto suceda. Hasta el día que nazca.

Y dicho esto, el ángel desapareció.

Mientras tanto, el pueblo estaba esperando a Zacarías y les extrañaba que se demorara tanto en el santuario. Cuando por fin salió, no podía hablarles, así que se dieron cuenta de que allí había tenido una visión. Se comunicó solo por señas, pues seguía mudo. Regresó a casa. Ahora estoy encinta y esto es obra del Señor, que ha mostrado su bondad al quitarme la vergüenza que yo tenía ante los demás, porque un esposo estéril es como aquella higuera que nunca dio fruto, solo sirve para ahorcarse.

Esto que te cuento ahora ocurrió ya hace un año, el mismo tiempo que mi vientre ha estado inflado con un bebé que patea deseoso de salir, pero que no ha de nacer a menos que tú decidas que el tuyo vendrá.

Mi hijo será solo si el tuyo lo es.

Y hasta que María no desee a Jesús, no estará la semilla en su vientre.

Y hasta que Jesús no empiece a crecer en el vientre de María, no ha de nacer Juan.

Y hasta que Juan no nazca, mi esposo no recuperará sus palabras.

Y hasta que mi esposo no pueda hablar, no podrá gritarle al mundo que el Mesías está por venir.

Y hasta que mi esposo no haga la anunciación de tu hijo, no podrá liberar al mío del yugo de ser su antecesor.

Y hasta que no borremos el destino trazado de mi hijo adelantando su misión, no podremos salvarle de morir decapitado y terminar como plato central de la fiesta de un rey imbécil.

He venido a verte para suplicarte que tengas a ese hijo. Permite que el mío nazca.

Regálame ser madre.

No te digo más palabras. Me acerqué a ti con el pretexto de lavar tus pies y ungirte con aceites para tu descanso y me voy ahora dejándote el peso de esta historia. Lo siento, María. María, la hermosa. María, la madre del mundo entero.

Lo siento, María.

6 Nun

Es un placer, señora, tenerte por estas tierras. Llegas justo a tiempo. Si hubieses venido un día antes no hubiéramos podido recibirte como ahora lo hacemos. Nuestra tierra —te pedimos que desde este día la consideres como tuya propia— estaba sucia.

Encontramos un hombre muerto tendido en un campo cercano hace unos días. Un desconocido el muerto y un desconocido el que le dio muerte. Salieron nuestros ancianos a medir la distancia desde aquí hasta el cadáver y lo mismo hicieron con los pueblos aledaños y encontraron que la distancia más corta es la que apunta a este pueblo. La ley indica, como sabes, que hemos de ser nosotros quienes nos hagamos cargo del infortunado.

Nuestros ancianos son grandes medidores de tragedia. Con tanta guerra acontecida por aquí, es una especialidad necesaria y me place decir que son nuestros hombres viejos los mejores. Incluso nuestro rey los consulta para evitar rencillas innecesarias.

No estoy seguro de si habrás conocido la noticia de aquellos dos pueblos que se fueron sembrando muertos los unos a los otros tan solo para comprobar cuál era más capaz de medir mejor la distancia entre la desgracia y la vida cotidiana. Es una historia muy graciosa y, si aceptas la hospitalidad de este pueblo, podremos contarla para ti en una cena. No quiero entretenerme en eso ahora, me es más importante hacerte saber que el pueblo ha sido limpiado. Los ancianos, al descubrir que el muerto era correspondiente a nuestra tierra, han tomado una becerra sin mácula ni yugo y le han quebrado la cerviz de un solo golpe en sacrificio para lavarse las manos en su sangre y han hecho la limpia correspondiente.

Ese es otro talento de los ancianos de esta tierra que debes reconocer. El quebrar cabezas de un solo golpe es muy útil en las guerras. No lo sabes porque no eres un soldado, pero en la guerra golpear rápido y de forma certera es crucial para la apropiación de las esclavas. Matas a una enfrente de todas y es así que dócilmente van contigo. Las esclavas de esta tierra te han de encantar. Son dóciles sirvientes de nuestros ancianos. Han limpiado los restos de la becerra en sacrificio, cargado al muerto y limpiado el camino para que nuestros sacerdotes hicieran su labor y no hubiera disputa entre la muerte y la prosperidad. Diligentemente han lavado las manos ensangrentadas de los ancianos para que quede claro que la sangre de aquel muerto tendido en el campo no ha sido derramada por nosotros ni nuestros ojos han visto a aquel que lo hizo, aunque por la ley de la distancia tengamos que hacernos cargo de él.

No tienes que preocuparte. Por supuesto que las esclavas que lavaron la sangre no son las mismas que te servirán los alimentos. Ellas han sido rapadas, sus uñas cortadas y están siendo purificadas en fuego, para que la sangre derramada sin culpa para nosotros sea perdonada por Yahvé.

Somos especialistas en la muerte. Todos los aspectos que la ley dicta sobre la muerte están cubiertos con pulcritud. No queremos faltar a la ley. Tú tampoco. Por eso nos hemos hecho especialistas y lo hemos hecho mediante consejos.

El consejo de la abominación vigila que todos los aspectos que la ley dicta sobre este asunto estén cubiertos con pulcritud. Por eso abominamos al bastardo, al contaminado, al excremento, a la prostituta, al que comete fraude, al que come alimentos prohibidos, al que esculpe un ídolo, al que desprecia a su padre y a su madre, al que se acuesta con la mujer de su padre o su hermano si es que este está vivo, si muere no. Al que desobedece la ley lo abominamos y el consejo lo vigila, y en dado caso dicta la muerte como al ladrón, la adúltera o el asesino.

El consejo del castigo se especializa en azotes —nunca más de cuarenta—. Corta manos de la mujer que toma las partes del enemigo de su marido y demás correctivos que eviten la furia de Yahvé.

Obedecemos la ley porque, de no obedecerla, seremos malditos en la ciudad y en el campo y maldita será nuestra cesta y artesa y el fruto de las entrañas y el suelo y el parto de las vacas y las crías de las ovejas, y malditos serán nuestros caminos y será todo desastre, amenaza, peste, tisis, fiebre, gangrena, sequía, tizón y añublo. Y el cielo será de bronce y la tierra de hierro y entre polvo y arena secaremos nuestra voz. Y nuestros enemigos nos aniquilarán y nos perseguirán, y con úlceras, tumores, sarna y tiña huiremos en medio del delirio y la ceguera. Todo eso hará Yahvé si desobedecemos su ley y más. Nos hará mirar a nuestra mujer y nuestra casa y nuestra viña gozada por otros. Nos hará mirar a nuestros hijos en las filas de los enemigos. Y la locura será lo común, entre úlceras malignas, y serviremos a dioses de piedra y madera. Y todos los pueblos se reirán de nosotros mientras los gusanos nos devoran junto a nuestra siembra. Y nuestros hijos serán esclavos, o peor aún, impuros, o peor aún, infieles. Y comeremos el fruto de nuestras propias entrañas y la carne de nuestros hijos mientras miramos morir de hambre a nuestras esposas.

Todo esto pasará si desobedecemos a Yahvé. Porque puso ante nosotros vida y muerte, bendición o maldición y desobedecer la ley es la maldición.

Por eso es esta la tierra de la leche y la miel, porque somos obedientes de la ley y nuestros consejos nos ayudan a cumplirla a cabalidad.

Así es, pues, señora, que en cumplimiento de la ley te recibimos, y en cumplimiento de la ley aceptas nuestro recibimiento, porque rechazar a quien te ofrece alimento y cobijo es contra la ley. Aquí estás a salvo. Siempre y cuando cumplas con la ley tendrás en tu plato la leche y la miel.

El montón de piedras es solo una precaución. Sí, la que marca la ley.

Bienvenida.

Mi amado José. En mis sueños, Moisés fue un anciano que murió en descampado a manos de un asesino. Fue tal el despojo de su humanidad que ni su propio pueblo lo reconoció. Le dieron sepultura, sí, pero como a cualquier cadáver anónimo. En mis sueños, aquel hombre corría desesperado por entrar a la tierra prometida, pero su asesino se lo impidió. Me lo prometiste, gritaba Moisés. Me lo prometiste.

Esta es la puerta de la tierra prometida. La puerta por donde nuestros ancestros encontraron la entrada a la tierra de la leche y miel. La puerta que Moisés no cruzó.

¿Y si el camino que yo estoy haciendo dirige mi cuerpo a los golpes de un Dios que no cumple sus promesas?

La tierra que nos dio es todas las tierras. Que no haya ninguna tierra que prohíba ningunos pasos de ningunos pies. No importa qué diga la ley. Todos los pies son sagrados para pisar todas las tierras. Eso ha sido prometido.

VI JOSUÉ

Escucharéis la guerra si en
vuestro corazón hay guerra.
Dios

1 Eloah

No. No seré la madre del hijo de un Dios cruel.

No seré la madre del hijo del Dios que amenaza con una ley recalcitrante.

No. No seré la concubina de la prohibición. La prohibición no es abundancia.

No recibiré en mi vientre la simiente de Aquel que dicta leyes sin sentido.

No. No recibiré en mi lecho a un Dios cruel. Lo abomino ya.

No. Te repudio, Ashem. Tu ley es cruel. Te repudio y expulso de mis pensamientos la posibilidad de ser su madre.

No soy virgen. No soy de Dios. No soy de nadie.

No seré la consorte de Aquel que apila piedras y mujeres empaladas. Si así lo hiciere, con su simiente en mi vientre lloverán piedras sobre mi conciencia.

No me prometo a nadie. No soy motivo de rencilla para nadie ni la desgracia de nadie. No soy de nadie, ni siquiera de Yahvé.

Digo no.

No valgo cincuenta monedas, ni cien, ni las primicias de ninguna cosecha, ni soy la moneda de cambio de ningún padre, o Dios, o esposo. No soy la moneda de cambio de José ni de Yahvé.

No obedeceré esta ley que repudia a los bastardos, a los extranjeros y a las mancilladas, y no recibiré la semilla de aquel que creó una ley tan abominable.

No quiero tierra de las guerras.

No soy un botín de guerra.

No soy motivo de la guerra.

No asistiré a la asamblea de Yahvé si en esta solo hay férreos seguidores de una ley asesina.

No hay leche ni miel que curen las llagas en los ojos de haber visto tantas muertas.

No hay leche ni miel que purifiquen la sangre derramada de los inocentes que se visten con ropas de mujer.

No hay leche y miel que dulcifiquen mandatos asesinos.

Te digo no.

—Soy la roca, el camino consumado, la justicia, la lealtad, la rectitud, el dador de la vida, la abundancia, el aceite, el agua, la flor del trigo, el carnero. Soy. Solo hay una cosa que no soy. No soy el escritor de ley ninguna.

—Dictaste la ley. La que hemos obedecido. La que habla de ti y la alianza. La que nos hace lo que somos.

—Vosotros sois vuestra ley, no yo. Yo soy su Dios.

—¿Acaso no dictaste Tú la ley?

—Tanto como dicto la noche o el día. Como dicto la danza del mar. Soy todo.

—Entonces eres también la ley.

—Soy todo, pero no hice el todo.

—¿Quién hizo la ley?

—¿Quién la enseña?

—Mi pueblo.

—Y yo soy todos los pueblos, pero no hago lo que hace vuestro pueblo.

—Eres el Dios de la muerte.

—Soy dios de todo.

—También de la muerte.

—¿Por qué os asusta tanto la muerte?

—Pensé que eras la Roca, el Camino Consumado, la Justicia, la Lealtad, la Rectitud, el Dador de la vida, la Abundancia, el Aceite, el Agua, la Flor del trigo, el Carnero.

—¿Por qué os asusta tanto la muerte?

—¿A ti no te asusta?

—No puede asustarme lo que no comprendo.

—He ahí algo que sabemos más que Dios. El miedo a la muerte. No la entiendes porque no mueres.

—¿Vos morís?

—Muero, claro. He de morir. Lo veo en mis manos. Envejecen. Lo veo en los ojos de José, tienen surcos, envejece, morirá.

—¿Cómo sabéis que yo no envejezco?

—¿Envejeces?

—¿Por qué no habría de hacerlo?

—Me confundes con tus palabras.

—Lo siento. Aprendo.

—¿De mí?

—¿Y de quién si no? Sois la luz de la luz. Ilumináis mi entendimiento.

—¿Eres cruel?

—Soy lo que soy. Y vos sois mi creación, la única que puede escucharme.

—Te han escuchado antes.

—No.

—¿Y la ley? ¿Quién entonces dictó la ley?

—Muchas voces dictaron muchas cosas. Solo vos me has escuchado y por eso tenéis mi absoluta fascinación.

—¿Pero no eres Tú el Dios de este pueblo?

—De todos los pueblos.

—¿Y la alianza? ¿No nos liberaste de Egipto a cambio de nuestra fe?

—Su fe la tengo. Siempre la tuve. Aunque vayáis a la pregunta caeréis algún día en la respuesta.

—¿Cuál respuesta?

—Yo. Yo soy la respuesta.

—¿No tengo que seguir ninguna ley para evitar tus maldiciones?

—No podéis evitar que mi creación sea. Con todo lo que es, la bendición y la maldición. La vida y la muerte. ¿Por qué teméis tanto a la muerte?

—No quiero verlo morir.

—Pero lo veréis. Lo sabes.

—No quiero. Diré que sí, solo si me dejas morir antes.

—Yo no decido ni la vida ni la muerte.

—¿Entonces? ¿Quién apaga la flama? ¿Quién pone el sello? ¿Quién quita el aire?

—Si yo os dijera que todo eso es una ilusión y que en realidad no morís ni nacéis nunca, pues siempre estáis aquí porque sois mi imagen y semejanza y que el único sentido de mi existencia es lograr que miréis vuestra eternidad y entonces me veáis de frente y me acompañéis a aprender lo que significa no estar solo... Si yo os dijera que lo que enterráis no son muertos sino ideas que insisten en no concretar su eternidad... Si yo os dijera la verdad de la creación...

—No te escucho.
—No dije nada. Solo suspiré.
—No me dejes sin tu voz.
—Nunca lo hice, nunca lo haré.

2 Flavio Josefo

—¿Quieres decir que no estás escribiendo mi historia?

—Eso estaba haciendo, amado Soberano, hasta que esta mujer se atravesó por mi camino y se me ocurrió interrogarla para ver si era digna de traer a los pies de mi amado Emperador. Ocurrió en el cruce de rutas frente a las puertas de Jericó, en una de las expediciones que me encomendaste para contar la historia de tu tierra y tu imperio. Me acerqué a ella y le pregunté sobre su camino y el porqué de su andar.

—¿En latín?

—Así es, amado mío. Tú sabes que yo solo hablo en latín para complacerte. He borrado toda huella del pueblo que me vio nacer para que seas feliz. He habitado el lecho de mi emperador Vespasiano desde que era general y he lavado sus pies con mis besos. Eres mi amante y mi amado Emperador. Mi trabajo en este mundo es complacerte.

—Yo te salvé la vida. Te amé desde el día en que te esclavicé y te regalé la libertad para que me amaras y escribieras mi historia.

—Y yo la escribiré todas las veces que sea necesario. Soy tu esclavo por voluntad y en esa voluntad contaré tu historia, la del gran Vespasiano, el Emperador que le dio a Roma el poder de contar su historia. Por eso no me explico por qué mis manos no me obedecen y empeñadas están en contar la de María, hija de Ana. Había escuchado de ella por los caminos, pero no me la tomé muy en serio. Es la ungida por el Más Grande, me dijeron. Nadie puede tocarla porque la protege la fuerza de Yahvé y es Yahvé mismo quien procura su camino para que no le falte ni cobijo ni alimento. Tras de sí, como una primavera que nunca termina, los campos florecen y las semillas brotan. Los frutos crecen y las aguas regalan a los pescadores redes repletas de peces robustos. La siguen miles como siguieron al profeta que bautizaba en el Jordán.

—¿Al que le cortaron la cabeza?

—Ese mismo, mi señor.

—Tu pueblo no se cansa de aventar profetas al mundo. Tu pueblo está lleno de esperanzas y no reconoce que yo soy Dios.

—Mi único pueblo es el de mi amado Emperador. Flavio ya no sabe de otro pueblo que no sea el que te adora, amado mío.

—No dejes de adorarme y escribir mi legado. Mi historia en tus brazos y en tus manos solo podrá ser leída y escuchada como la más grande jamás contada.

—Por eso debo sacar los cuentos de esta mujer de mi pecho, para olvidarla de una vez por todas y concentrarme en contar las verdades sobre el imperio de mi amado Vespasiano. Por eso debo contártela, a ver si así dejo de escribirla en este frenesí incontrolable que me está volviendo loco. *Quo vadis?*, le pregunté cuando detenida estaba ante el cruce de caminos que lleva por un lado a Jerusalén y por el otro a Roma. No sé a dónde voy, me respondió. Los que me llevaron a conocerla me informaron que llevaba ahí días enteros sin saber qué camino tomar.

—¿Y qué interés puede despertar en ti una mujer indecisa que recorre la tierra sola, como prostituta?

—Eso mismo me dije al cruzar las primeras palabras con ella, señor mío. Lo que tengo ante mí es una mujer como cualquier otra y los milagros de abundancia que se le atribuyen no son sino exageraciones de un pueblo exaltado por las visiones del desierto. Un pueblo que conozco y aborrezco por su ignorancia y su gusto por los hechiceros. Esta mujer debe ser una de esas encantadoras de serpientes que recorre el mundo buscando limosna.

Cuando me respondió que no sabía hacia dónde ir, me coloqué en el camino que lleva a Roma y le aventé dos monedas con la cara de mi Emperador. Puedes elegir el otro si quieres, le dije. Pero tarde o temprano descubrirás que no hay otro dios que Vespasiano y que todos los caminos llevan a Roma. Eso lo sé, mi señor, me respondió. Yo sé que, tarde o temprano, la semilla que yo siembre ha de llegar a Roma. Y entonces puso en mis manos un pequeño puño de semillas de mostaza. ¿Qué quieres que haga con estas semillas, mujer?, le pregunté. ¿Quieres que el historiador imperial se convierta en campesino? Si yo las siembro, me dijo, estaré preparando un camino que no estoy segura de querer preparar. Si tú las llevas contigo y distraídamente las vas tirando a tu paso, el destino del mundo ya no estará en mis manos. Su mirada tenía la soberbia que tienen los que creen que alguien abrió el mar Rojo para que cruzaran un continente. Esa soberbia del pueblo que me vio nacer y al cual odio con todo mi ser. ¿Cuál es tu miedo, mujer?, le pregunté, ¿que al sembrar semillitas te invada un bosque de arbustos de mostaza? Los soldados que me acompañaban rieron junto conmigo. Entonces se paró frente a mí y habló estas palabras: «Hay bosques que se convierten en el incendio del alma verdadera. Las semillas que tengo en mis manos son las más pequeñas del mundo, sin embargo, son capaces, cada una de ellas y con la ayuda de Dios, de ser crecidas hasta las cinco varas de altura. Si yo sembrara todas estas semillas en el camino que lleva a Roma y se llenara de árboles robustos de troncos fuertes, los ejércitos que protegen a traidores como tú perderían su camino y no podrían volver nunca más a esta, nuestra tierra prometida. Si esos mismos árboles llenaran el camino que lleva a Jerusalén, miles de pájaros gustosos agradecerían un lugar donde anidar en medio de este desierto, y el camino se convertiría en un bosque ensordecedor de cantos de aves cansadas de la esclavitud. ¿Podría este pueblo que odias resistir un bosque donde miles de voces le cantan al oído al mismo tiempo? ¿Podría este pueblo distinguir si esas voces son las del reino del Más Grande que por fin nos regresa el habla? ¿Sabría tu pueblo si esas voces son las de los falsos profetas? ¿Qué pasaría si un falso profeta ayudado por un ejército de pájaros comunicara una palabra que rompiera todas las demás palabras? ¿Qué pasaría si con esta palabra mentirosa el mundo cambiara? ¿Qué pasaría si el profeta fuera verdadero y de todos modos el mundo cambiara? Historiador te haces llamar, pero no reconoces la fuerza que tiene una semilla de mostaza para cambiar la historia del mundo. Escribanos ciegos que no reconocen las pequeñas semillas que siembran los caminos que cambian la historia. Ustedes y sus letras y sus miles de pergaminos repletos de signos que cuentan lo que creen que vemos los pueblos y se olvidan de contar lo que cada quien mira. Escucha bien, hombre vendido al tirano que nos esclaviza, tu caminar en el mundo estará siempre marcado por la traición. Las mentiras que escribes en tus libros son pequeñas semillas de mostaza que están construyendo los caminos del peor imperio de todos, uno que ni siquiera sabes que ha de existir. Cada espada romana que tenga sangre de nuestra tierra está sembrando la peor raíz de todas las raíces que han de venir. La de las miles de muertes en nombre de Dios, la de los miles de llantos de rodillas. Tú, el que cree que al contar la historia del imperio cuenta la grandeza, escúchame bien. La grandeza del reino nacerá dentro de las casas, las cocinas, los cantos, los arrullos, las miradas de los amores de todos los días. Son granos pequeños, los más pequeños. Los que no construyen palacios, ni templos de oro, ni epopeyas. La grandeza, hombre de palacios, no está en el imperio, nunca estará, aunque el escudo cambie y tenga una cruz por signo». Y después de decir esto, sopló con fuerza en mis manos llenas de semillas que me sacudí de inmediato. Dio la media vuelta y condujo sus pasos por el camino a Jerusalén. Los soldados y este que te habla emprendimos el camino de regreso con la extraña sensación de haber sembrado algo endemoniado en cada paso. No sé qué decirte, amor mío. Mi pecho tiene un peso que no tenía y los brazos de mi señor son el único bálsamo que encuentro.

—Volver a esas tierras no te hace bien. No has de ir más. Y con respecto a la historia de la mujer...

—No quiero escribirla.

—Escríbela completa y la mandaré enterrar en el desierto entre otros miles de pergaminos para que se pierda. Y encima de ese secreto enterrado, mandaré sembrar un bosque de árboles de mostaza para que nunca se sepa que alguna vez, cerca de las puertas de Jerusalén, una mujer tuvo la voz de un profeta, el poder de un mesías y el susurro de Dios al oído. Hay frutos antinaturales que parecen verdaderos, pero que no lo son. No llores más, amor mío. Esa semilla jamás crecerá.

3 Rajab

Me manda tu esposa con este encargo: has de buscar al carpintero de rizos de plata que teje raíces con sus enormes brazos, me dijo. Es su carne del color del dátil, y la mirada más dulce que has visto corona su rostro. El rostro que adoro, me dijo.

Ahora veo que tiene razón. Experta soy en el mirar de los hombres y, en efecto, la tuya es una mirada que encierra profunda paz.

«Has de decirle a mi amado José que ha pasado una vez el tiempo de la vida con sus doce lunas llenas desde mi partida, que el camino por recorrer aún es largo, pero que le espera a mi regreso una vejez llena de bendiciones. Has de decirle que su esposa está bien; que Él ha cumplido su palabra y en el camino no he sufrido amenaza alguna de ningún hombre, puesto que llevo en la frente la marca de la elegida entre los elegidos».

Puedo testificarte, buen hombre, que eso que dice tu esposa es tan cierto y es como si el día pudiera manifestarse en medio de la noche. Al paso de María se abren las aguas de los ríos y de los mares, como si el arca de la alianza fuera el manto que la cubre y la túnica que la viste. Como si ella misma fuera la voz de Dios vuelta carne. A su paso se gesta la vida hasta en las piedras y enseguida de su voz, el viento se hace tibio y húmedo.

¿Cómo la conocí? Claro, es preciso para un hombre como tú saber bajo qué artes su esposa conoció a una mujer como yo. Yo también me lo he preguntado, mi señor, y no he encontrado más respuesta que esta: es la voluntad de Dios que Rajab, la prostituta de Jericó, haya conocido a María.

Escucha mi relato porque tu esposa me salvó de un destino trágico.

Has de saber, señor de ojos dulces, que estaba mi pueblo en guerra a punto de ser asediado por el ejército invasor. Y los hombres de mi pueblo resistieron cuarenta días con sus noches hasta que no pudieron más, pues las puertas de Jericó se abrieron para entregar la tierra al pueblo elegido. Fui yo quien las puertas abrió.

No me juzgues sin conocer mis razones, porque de esclava me tenían. Usaron mi cuerpo como si fuera una mina que nunca se gasta y reventaron la mina a punta de golpes. En mi oficio se sabe que el pueblo donde vives está en guerra cuando los hombres para los que trabajas, atemorizados por el enemigo, cambian costumbres y empiezan a romperte en vez de besarte.

Viviendo estaba en el terror cuando tres extranjeros se colaron por mi ventana. Me pidieron ayuda y se la di, pero les cobré caro. Sé que Yahvé os ha dado esta tierra, les dije. Lo sé porque el temor a ustedes ha caído sobre los hombres que me atemorizan. Os guiaré esta noche por los techos de las casas hasta el portón que abre la ciudad para que lo abráis y termine por fin el sitio que han impuesto a mi cuerpo los hombres del pueblo que me vio nacer. ¿Qué quieres a cambio?, me preguntaron. Trabajar en paz, solo eso. Hacer mi oficio con el precio justo y sin la guerra dentro de mi casa. Ningún hombre de tu pueblo podrá usarme por la fuerza o golpearme por ningún precio. No hay moneda que pague mi dolor.

Accedieron.

Y les digo más. Lo mismo que aplica para Rajab, es bueno para las otras como ella, de este pueblo y de todos los pueblos. Lo pondremos en la ley, dijeron.

Caminamos en las tinieblas sobre los techos de Jericó. Ojo por ojo, diente por diente, paso por paso. Al pueblo elegido lo elegí yo para ser el instrumento de justicia de esta alma agotada que hoy habla ante ti. Al pueblo elegido, una prostituta de Jericó le regaló la tierra prometida por Dios, a cambio de un poco de paz para todas las prostitutas del mundo.

Los hombres de Jericó cayeron casi sin oponer resistencia. Habían escuchado que Yahvé hizo secar las aguas del mar Rojo cuando el pueblo de Israel salió de Egipto y cómo los ayudó a vencer a los dos reyes de los amorreos que estaban al otro lado del Jordán, a Sehón y a Og, a los cuales había destruido. Por eso no les sorprendió que las puertas de la ciudad amurallada se abrieran a su paso. Yahvé está con ellos, es imposible resistirse, gritaban mientras recibían la muerte.

Y el pueblo invasor respetó mi vida y la vida de las que son como yo, pero solo por algún tiempo. Al parecer, el oficio de Rajab borra toda promesa, aunque esté inscrita en la ley. Los hombres del pueblo elegido, una vez que echaron raíces y crecieron sus patrimonios, hicieron como todos los anteriores.

Sabrás, buen carpintero, que, al ser este el oficio más antiguo del mundo, es también el más sabio. Las cosas nunca han sido de otra manera, hasta la llegada de María, hija de Ana, esposa de José.

Se detuvo ante un Jericó de puertas abiertas que la recibió con un silencio sepulcral. Las mujeres como tú no son bienvenidas, le dijeron algunos sacerdotes de túnicas impecables. Si das un paso más, una lluvia de piedras caerá sobre ti. A los hombres de los que te hablo no les importó quién era tu esposa. Una mujer sola por los caminos es igual de impura que otra de las tantas impuras.

En ese momento, señor mío, la oscuridad cayó. Un ejército de nubes negras cubrió el sol. Gotas de lluvia tamborilearon los techos de las casas acompañando las necias voces de los sacerdotes. Mientras más palabras salían de sus bocas, menos se escuchaban porque más torrencial se volvía el llanto de Dios.

María se puso a rezar.

Furiosos los hombres de Jericó le arrojaron piedras. Estas doce piedras que traigo para ti. Al arrojarlas, cayeron sin llegar a María, como si hubieran perdido su fuerza o hubieran estado imposibilitadas para tocarla. Estas son las doce piedras que han de quedarse en mi familia, les dijo, como recordatorio de que los doce pueblos algún día volverán a unirse cuando dejemos de arrojarnos piedras los unos a las otras.

Las doce prostitutas de Jericó seguimos a María. Nadie nos impidió traspasar las murallas. Dejamos la ciudad de las palmeras atrás y la seguimos al desierto.

No sé qué haré sin las murallas de mi tierra, le dije a María una vez que nos allegamos al desierto y el campamento que la sigue se instaló. Las paredes que han caído son las que nos alejaban las unas de las otras, me dijo. Las que nos impedían amarnos como amamos a Dios.

Nosotras no amamos, le dije. Tú no lo sabes, no eres prostituta, pero te lo digo. Nosotras no amamos. Alquilamos lo que somos porque así es el mundo, así funciona y no es un mal trabajo, siempre y cuando no nos rompan. Nosotras no amamos ni somos puras ni merecemos la bendición de la hija predilecta de Ashem. Podemos seguirte, pero hemos conversado y creemos que si así hacemos, la maldición caerá sobre ti. La maldición de rodearte de las abominables de la creación. Por nuestros cuerpos han pasado demasiados hombres, por el tuyo uno solo.

En tu lecho, mujer —me dijo— han llorado los más aguerridos y valientes. Son las conocedoras de lo que no se ve del mundo, las guardadoras del terror de los reyes, las canalizadoras de las desilusiones de los comunes. Son ustedes, como somos todas. No hay mayor diferencia. Me dices que no soy prostituta y te respondo: no sé si lo soy. Quizás sea aquella que, a cambio de saber más de lo que podría saber, alquila su vientre para dar a luz al Hijo de Dios.

Y fue así, mi señor, como el encargo me dio de traerte estas doce piedras que representan la unión de las doce prostitutas de Israel para que las guardes y las tengas en tu casa a su regreso. Me pidió también que, si así es tu deseo, le permitas a esta que te habla lavar tus pies y aliviarte un poco de la ausencia de María en el lecho de José.

***

Amado José de mis amaneceres, para este día habrás recibido mi mensaje y el abrazo de un cuerpo en mi nombre. Bendigo en este despertar el lecho de José y María. Bendigo en este despertar el beso de Rajab para el alma de José. Amén.

4 Acán

Has sido celoso del amor nuestro. Un levita que has puesto a caminar a mi lado cuenta para mí pedazos de la historia de este pueblo que es el mío. Me cuenta relatos por las noches y las mañanas.

En la historia de este pueblo raíz, hay miles de montañas de piedras que sepultan a quienes no te han sido fieles. Sepultan también a los conquistados en tu nombre. Con la espada por delante nos has guiado a esta tierra que hoy camino con mis pasos de mujer, de una mujer a la que nunca antes le habían contado la historia de la tierra que habita, porque a las mujeres no nos cuentan todas las historias, solo las que empiezan en el fogón y terminan en el lecho.

Y con mis pies raíces, que sienten las piedras y la sangre por debajo de las piedras, quieres que permita que mi vientre raíz continúe el linaje de este pueblo que tiene por Dios a una bestia celosa. Una bestia celosa que aniquila la más mínima desobediencia.

Habiendo escuchado la historia escrita en tu ley, quieres entonces que te dé un hijo. ¿Para qué? ¿Para que sea el mesías que nos ha de guiar a las siguientes tierras por conquistar? ¿Para que sea el enviado de tu voz que nos atemorice y obedezcamos de nuevo? ¿Para que sea el ejecutor de las plagas que nos han de liberar de todo aquello que nos amenace o que se encuentre en nuestro camino?

Cientos de años han pasado y en mis pies sigo sintiendo las piedras que cubren a los muertos que, en nombre de Dios, nos regalaron esta tierra. Esta tierra tiene demasiada sangre.

Por eso a las mujeres nos está negado el caminar en libertad. Si así lo hiciéramos, le daríamos la espalda a este Dios y a cualquier otro que en su nombre nos obligara a parir hijos soldados, que maten a los otros hijos soldados de las otras que los parieron.

No te niego, no te soy infiel. Mi raíz ya es demasiado profunda para cortarla. Soy la que soy y vengo de donde vengo. Solo te digo que te equivocas.

No voy a parir a un hijo para que guíe a tu ejército.

Debe haber otra manera.

Si he de tener al Hijo de Dios, ha de ser para fundar el pueblo de los que aprenden a no matar.

Eres un Dios celoso.

—Soy el único.

—No. Por eso eres celoso. Escuchas la guerra de tu corazón porque en tu corazón hay guerra.

VII JUECES

Por aquel tiempo, no había rey y cada quien hacía lo que podía, lo que le parecía bien. Juzgaron a diestra y siniestra, como pudieron. Aprendieron a juzgar como a caminar. Siguen tropezando.

Dios

1 Otoniel

Regresa, pueblo, a tu Dios.

2 Aod

Regresa, pueblo, a tu Dios, o se vengará.

3 Samgar

Regresa, pueblo, a tu Dios, o se vengará de ti y retirará su bendición.

4 Tolá

Regresa, pueblo, a tu Dios, o se vengará de ti y retirará su bendición y te destruirá.

5 Jaír

Regresa, pueblo, a tu Dios, o se vengará de ti y retirará
su bendición y te destruirá y maldecirá tu descendencia.

6 Abesán

Regresa, pueblo, a tu Dios, o se vengará de ti y retirará su bendición y te destruirá y maldecirá tu descendencia con la marca de los traidores y los débiles de espíritu.

7 Débora

Y así siguieron, los jueces amenazando al pueblo para
que no dudara en entregarle su amor a un Dios rabioso.
   Hasta aquel día en el que Débora cantó:

>Oíd, reyes; escuchad, oh príncipes:
>yo cantaré a Yahvé.
>Cantaré salmos a Yahvé.
>
>Cuando saliste, oh Yahvé, de nuestros campos,
>la tierra tembló y los cielos destilaron
>y las nubes gotearon aguas
>y los montes temblaron sin tu voz.
>
>Quedaron abandonados los caminos,
>y los que andaban por las sendas
>se apartaban por senderos torcidos.
>
>Las aldeas quedaron abandonadas, habían decaído,
>hasta que yo, Débora, me levanté.

Me levanté como madre en tu pueblo
y les canté al oído.

Cuando escogen nuevos dioses,
la guerra entra a sus puertas.

Elegid a Yahvé.

Desde los cielos pelearon las estrellas
porque siguieron sin adorar a Yahvé.

Y fue entonces que Jael,
amenazada en su tienda por un enemigo,
mostró a su pueblo
cómo se adora a Yahvé.
Bendita sea entre las mujeres Jael.
Sobre las mujeres bendita sea.

El que quería raptarla pidió agua y ella le dio leche
dulce.
En tazón de nobles le sirvió para distraerlo.
Mientras aquel que iba a ultrajarla
la dulce leche bebía sin reparo,
Jael tendió su mano a la estaca,
y golpeó al traidor, hirió su cabeza
y le horadó y atravesó sus sienes.
Cayó encorvado entre sus pies,
aquel que venía a secuestrarla quedó tendido,
entre sus pies cayó encorvado.
Donde se encorvó, allí cayó muerto.

Hablo Jael al caído y le dijo:
hija soy de Yahvé.
Romperme el cuerpo te hace su enemigo.

Así perezcan todos tus enemigos, oh Yahvé.
Y fue así como Jael
mostró cómo se ama a Yahvé.

Y Yahvé volvió su bendición a este pueblo.
Y la tierra reposó cuarenta años.

8 Dalila

—¿Dónde está tu debilidad?

—Sois vos.

—No. Yo soy la que elegiste para encarnar a tu hijo.

—La que os negáis a encarnar a mi hijo.

—La que está pensando si acepta o no encarnar a tu hijo.

—Sois la que duda, esa es mi debilidad.

—No es cierto. Nos hiciste la duda como nos hiciste la sangre y los ojos. Nuestra duda es tu creación, no tu debilidad. Te gusta que dudemos y elijamos. Te divierte.

—Me enseña.

—¿Qué te enseña?

—Yo soy el todo, ¿eso lo comprendéis?

—Sí.

—No podéis. Solo yo comprendo la totalidad y el vacío definitivo. Por eso, vuestro pueblo y vos habéis decidido no nombrarme, y ese es el nombre más acertado que podíais darme. Pero asumamos por un momento que comprendéis lo más posible que soy el todo. Aunque lo soy, no necesariamente me conozco. Las decisiones que mis creaciones toman me muestran un lado de mí. Por eso disfruto cada acierto y cada error, porque no lo son, son solo elecciones.

—Es decir, que si decido que no seré la madre que encarne a tu hijo, ¿no necesariamente me estaré equivocando?

—¿Ahora entendéis por qué sois mi debilidad?

—No lo soy. Si yo no te complazco, otra lo hará. Quizás no ahora, quizás en mil años, pero eso a ti no te importa porque también eres el tiempo, el dueño del tiempo. Entiéndeme, yo solo tengo esta vida y cada elección, cada camino que elijo, ir al norte o al sur, me aleja de otro distinto y tengo que pensarlo. Cada decisión no me muestra algo más de mí, me muestra algo menos de la que podría yo ser. Lo que me pides que haga por ti no es solo por ti, es por el mundo entero. Si quieres manifestarte en carne es porque quieres decir cosas distintas a las que has dicho, o de diferente manera. Ni siquiera comprendo para qué quieres manifestarte en carne, solo siento, sé, que ese hijo no será mío, tan solo pasará a través de mí. He tenido sueños… No quiero sufrir. He tenido sueños.

—Habéis sufrido antes y sufriréis después. Si decidís no ser la madre del Hijo de Dios, seréis la madre de otros hijos, porque vuestro pueblo ha elegido que tener hijos es honrarme, y esos hijos tampoco serán vuestros como no lo sois vos de vuestra madre. Porque así es mi creación: para ser la perfección que son, llegáis a este mundo partiendo en dos el cuerpo que os abre la puerta. Así ha sido y así será hasta el fin de los días. No lo podéis cambiar porque eso hace que el mundo gire.

Lo que yo os ofrezco es abrir la puerta más grandiosa de todas, para que llegue el más grande de todos, el que ha de venir después de mis órdenes y mi voz y mi ley. Si me decís que no, llegará el día de vuestra muerte y un segundo antes de cerrar los ojos pensaréis en la vida que no vivisteis y os arrepentiréis de haber renunciado a la grandeza.

—¿Me estás tentando como el demonio?

—El demonio no existe, a menos que lo necesite. Hoy no existe.

—¿Cuál es tu debilidad?

—¿Para qué queréis saberla?

—Lo que me pides es que renuncie a mí. Que todo el amor que podría tener en el alma se la entregue al mundo entero a través del que ha de llegar por mi vientre.

—Así es.

—Necesito un acto de amor de tu parte así de grande. Y no vengas a decirme que cada uno de mis días sobre esta tierra es un acto de amor tuyo porque me estás pidiendo lo que a nadie, por lo tanto quiero lo que nadie te ha pedido.

—¿Qué os hace pensar que tengo alguna debilidad?

—Si todo lo puedes, ¿eres capaz de crear un dolor tan grande que pueda matarte? ¿No tienes entre tus bienes un océano tan grande que te inunde? ¿Podrías crearlo? ¿O inventarte unas fiebres tan potentes que te destruyan? ¿No podrías, por ejemplo, crear un templo tan grande y pesado como para meterte dentro, romper sus columnas y morir en los escombros? ¿No eres capaz, Tú que todo lo puedes, no mueres de curiosidad por crear tu propia muerte?

—Estáis aprendiendo de mí. Así se crea un demonio cuando se necesita.

—Debes tener una debilidad. Eres egoísta de no compartirla con la criatura que más te ama sobre la tierra. Debe haber algo que pueda matarte.

—La muerte es solo una idea. No existe.

—No te comprendo.

—Lo sé. No podéis. Podréis. Hoy no podéis. Pero podréis.

—Me tratas como a una niña pequeña.

—Sois la más pequeña de las grandes, por eso sois tan especial.

—¿Entonces ha habido otras como yo?

—Las habrá. Cada vez más. Pero para eso necesito que exista la primera. Así está escrito.

—¿Está escrito? ¿Dónde?

—La pregunta más acertada sería ¿cuándo? El tiempo es como la muerte y como el demonio. Una idea.

—No te entiendo.

—Lo sé. No podéis. Podréis. Hoy no podéis. Pero podréis.

—¿Cuál es tu debilidad?

—Y si os la digo, ¿cómo sé que no me cortaréis la cabellera mientras duermo entre vuestros brazos? ¿Cómo sé que no me entregaréis al demonio que inventaréis en cuanto me veáis debilitado?

—No lo sabes. Tendrás que confiar.

—No os entiendo. ¿Qué es confiar?

—Dejar la puerta abierta sabiendo que puede entrar el demonio.

—¿Por qué habría de hacer eso?

—Porque no se puede vivir con la puerta cerrada. Los demonios más grandes viven en el encierro.

—No os entiendo.

—Lo sé. No puedes entenderlo. Podrás. Hoy no puedes. Pero podrás.

—No voy a daros la llave para destruirme si no estoy seguro de que no la vais a usar.

—No podrás estar seguro nunca, tendrás que confiar.

—¿Qué es confiar?

—Amarme más.

—Os amo absolutamente. Sois mi creación más perfecta.

—Entonces confía.

***

Me reveló su debilidad y guardó silencio desde entonces. Amado José de mis amaneceres, en esta luz del alba que me despierta debería estar en tus brazos disfrutando por primera vez en mucho tiempo del silencio de Dios. Es extraño vivir sin su voz acompañándome, siempre ha estado ahí. Sé que sigue ahí, aunque como tantas otras cosas, no sé por qué lo sé. Ahora comprendo que su silencio no es ausencia, nunca lo es. No puede no estar, nunca ha podido. El silencio es también la zarza ardiente desde la que Dios me habla. Hoy puedo entenderlo. Antes no podía. Hoy puedo entenderlo.

Hermoso y dulce esposo mío, despierto con el recuerdo vivo de tu abrazo inmenso en mi espalda. Tu abrazo inmenso que es mi génesis absoluta.

Amado tejedor de raíces, hay verdades que solo se comprenden cuando se van tejiendo con el tiempo que, aunque sea una invención, es como la confianza, una hermosa invención.

9 Sansón

Os he dado el secreto de mi fuerza. Yo, el más grande, os he revelado la única entrada al camino de mi destrucción.

¿Y si muero?

Cuando dije: que haya luz, la hubo y la aparté de la oscuridad; hice el día y la noche y las estrellas y los cielos y los mares y la tierra y la semilla que dio fruto y los animales de la tierra y de las aguas y de los cielos. Y entonces me senté a descansar y a admirar mi obra. Ninguno de esos seres era capaz de mirarme. Si en ese momento hubiese detenido mi creación, no habría sabido nadie de mi existencia.

Soberbia, mi pecado capital.

Y con las ganas de ser mirado inventé a mis criaturas.

¿Me habré equivocado?

Sabéis de mi existencia y eso me gusta.

¿Seríais capaces de vivir sin mí?

Si yo muero, seguirían ocurriendo el día y la noche y los mares, la tierra, las bestias, los pájaros y la semilla que da fruto, porque no saben que soy yo quien les dio vida y, en un acto de generosidad sin precedentes, les di la capacidad de vivir sin mí.

Mis criaturas elegidas no pueden. No sé si pueden.

¿Será capaz de respirar aquel que de pronto mira cómo se extingue el aire? ¿Será capaz de levantarse y andar aquel que sabe que ya no hay nada después de la muerte porque el dueño de la tras vida ha muerto?

Mi muerte no podría pasar desapercibida. Aparecería de pronto en sus pensamientos, sueños y visiones. Frente a sus ojos ocurriría el gran cataclismo de la desesperanza. Incluso los que niegan mi existencia entenderían —sin entender— que he muerto y se extinguiría toda gana de vivir.

¿Sería la humanidad un campo de llanto desenfrenado?

El pájaro vuela, el asno camina y busca la hierba que es su alimento. El león busca su ciervo y es incapaz de sentarse al lado de la oveja. No está en su naturaleza. El pez nada, el árbol crece y da fruto y en las estaciones el reloj del gran paisaje del mundo corre sin existir. No necesitan las ballenas medir el tiempo para saber que las aguas más tibias están al sur. Ni siquiera necesitan saber qué es el sur. Toda mi creación hace lo que hace porque no sabe que lo hace.

Mis criaturas elegidas son distintas. Lo único que hace que vivan es que lo sepan y elijan seguir viviendo. Ese es su don, poder elegir todos los días entre la vida y la muerte.

Poder elegir, ese es su don.

Y cuando eligen morir, matan. Y cuando eligen vivir, ríen. Y con la risa del hombre se dibuja la risa de Dios.

Con tu risa, mujer, se ha de sembrar la risa de todas, el punto final de mi creación.

Elige no matarme.

Elige vivir.

No puedo ordenártelo.

Te lo suplico.

No soy su rey. Hago lo que puedo, lo que me parece bien. Juzgo a diestra y siniestra, como puedo. Aprendo a juzgar como a caminar. Sigo tropezando.

VIII RUT

Hay milagros que ocurren sin que yo
lo sepa. Sonrío. Me gustan los milagros.
Dios

1 Noemí

Amado José de mis amaneceres, dador del gran abrazo del mundo, desde la orilla de la tierra a la que he llegado, miro el sol alzarse ante mis ojos. El más grande de los mares está frente a mí y baila y canta y me cuenta al oído millones de nombres que tejieron la raíz del mío. He aprendido a silenciar su voz para estar a solas. Estoy aprendiendo a escuchar mi propio canto y ahí estás tú. Con el silencio de Dios puedo admirar mejor su obra. Ahora lo sé. El silencio es solamente una de sus formas, no su ausencia. No quiero su ausencia, no sabría qué hacer con ella.

Pero hoy su silencio me da paz, y con la paz viene el asombro.

Me arrodillo, José. Me postro ante lo que miro.

He visto mil amaneceres y hoy comprendo que despertar es un milagro. He respirado mil veces y hoy sé que en el aire de mi cuerpo habitan ángeles. He caminado mil caminos y hoy descubro que cada paso teje el destino de la grandeza. He bebido agua mil veces y hoy la recibo como un sorbo de miel que me llena de vida. Hoy se hizo mi luz.

Estoy viva. Soy la danza de los ángeles. Soy el principio y el fin, el arriba y el abajo. Estoy viva. Me arrodillo ante su creación. Me arrodillo ante su grandeza.

Y al mirar el mar no puedo más que abrirme en dos porque lo comprendo. Y al voltear mi cabeza al cielo no puedo más que hacerme tormenta porque soy su espejo. Y me vuelvo semilla y zarza y fruto que cae del árbol porque somos lo mismo. Así de pequeñas, así de grandes. Porque lo grande es lo pequeño, y lo pequeño es enorme.

En mi respiración hay ángeles, en el aire hay amor y en el agua hay vida.

En esta orilla de la tierra me dieron cobijo dos que se aman, Rut y Noemí. Se miran como José y María. Como el mar y María, como José y los árboles, como María y el desierto, como José y el barro. Hoy conocí a dos que se miran como José y María y a su abrazo me entregué como me entrego al tuyo. Y después de la alegría vino el descanso.

En el tercer día, me desperté a la hora en la que todavía una persona no puede reconocer a otra y seguí caminando. Su pueblo siempre será nuestro pueblo, José. Así lo he prometido. Así lo he bendecido. Hay milagros que ocurren frente a mis ojos sin que me lo espere. Sonrío. Me gustan los milagros.

IX SAMUEL I

Y crecerán y harán torres de Babel una y
otra vez hasta que les tenga que volver a
enseñar que están hechos de lo mismo,
pero no son lo mismo.

Dios

1 Ana

Madre, ¿qué hay en tus ojos cuando me miras?
Hoy me cantas, hoy me cubres. Madre, ¿me
cubrirás siempre?

He sido bendecida, mujer. A Yahvé le pedí un hijo y así
me lo concedió milagrosamente, después de años de va-
nos intentos. Crecerá en el templo en agradecimiento,
prometí. Ha sido su labor entregar la vida al servicio de
Yahvé. Es una bendición que haya sido así, porque soy
una mujer simple, del pueblo. No hubiera tenido modo
de asegurarle a mi hijo su destino de grandeza. Irá al
templo y algún día será sumo sacerdote, pensé. Y así
ocurrió. ¿No es acaso su obra milagrosa?

Madre, no me dejes solo en el templo. Helí es
un buen hombre, pero sus hijos me odian. Son
mala semilla. ¿Por qué el buen árbol da frutos
podridos, madre? ¿Estarás siempre cerca para
responderme?

Día por medio de todas las vueltas al sol de su existencia, asistí al templo a mirarle crecer. Es hermoso mi hijo, el hijo del milagro. Lo has de conocer, mujer, y sabrás cómo se mira la belleza del mundo. En su rostro encontrarás paz. Así la encontré yo desde que supe que estaba plantado dentro de mí. Samuel es su nombre, ¿no es acaso el nombre de un rey? ¿Conoces reyes? Podrás decirme si son como él.

> Madre, Helí, el sacerdote, dice que tanto me ama como a sus hijos, pero mis mal llamados hermanos me rompen cuando su padre no mira. No quiero que sepas que soy pedazos, madre. Sé que soy la luz que te da vida. No sabrás que estoy roto, madre.

Fue mi hijo el que salvó el arca de la alianza. Es sabido por estas tierras que es la voz de Yahvé la que él escucha y así decide las acciones a seguir. En cruel batalla recuperó el arca que se había robado un pueblo idólatra y la volvió al templo para que la adorásemos como se debe. Es mi hijo un profeta, te lo habrán contado por los caminos, mujer. Me hubiera gustado que fuera hijo de una reina, pero ya ves que soy una simple mujer. ¿Conoces reinas?

> Madre, he tenido que hacerlo. No es hermano aquel que una piedra te pone a cuestas todos los días de tu vida. Me he quitado las piedras de encima y una trampa les puse. La espada

enemiga les atravesó, pero fueron mis palabras las que los entregaron a su suerte final. No es hermano aquel que una piedra te pone a cuestas todos los días. Perdóname, madre.

Este es el camino que lleva a su palacio. Mi hijo es un hombre muy importante. Quizás lo mires un poco viejo, porque la vida que ha llevado es dura. Los que fueron como sus hermanos murieron de forma espantosa sin que él pudiera evitarlo y eso lo marcó para siempre. Ser el escucha de la voz de Yahvé le ha traído muchas bendiciones, pero también le ha cargado un poco el alma. Es el peso de la grandeza. Quizás lo mires hablando solo. En realidad, es su forma de escuchar a Dios.

Entregué el arca de la alianza a los idólatras. Les dije a mis mal llamados hermanos que haríamos ejército juntos para rescatarla. Sabía que rechazarían mi propuesta. Nunca fue de su corazón la costumbre de repartir la gloria con el advenedizo Samuel. Fueron a una trampa de muerte y murieron. Y con la confianza puesta en mí, nuestros enemigos no me miraron llegar por la espalda. Fue así como recuperé el arca y asesiné a los asesinos de los hijos de Helí. No soy el héroe, madre. Soy asesino y traidor.

Un héroe, un profeta. Estás a punto de conocer a uno de los elegidos entre los elegidos, mujer. Con su espada ha degollado a falsos dioses y arrodillado a pueblos enteros. Es sabido que, quien no le escuche, maldecido será y de tumores se ha de llenar. Así ocurrió cuando trajo de vuelta el arca y así lo testifiqué. Tras de sí quedó la devastación de infieles que habían secuestrado el tesoro de nuestro pueblo. Fue él, mi hijo, quien ayudado por Yahvé destruyó a la generación naciente de un pueblo de traidores.

    No era necesario, madre. En cada mirada
    me miré a mí mismo. Como los hijos de
    Helí me golpearon, así asesiné yo a los
    hijos de otros hombres y los soldados que
    a mi mando estaban así lo hicieron
    también, creyendo que era Yahvé, y no yo,
    quien lo mandaba. Y ahora estamos todos
    con el corazón en llagas. No era necesario,
    madre.

Quizás no sean muchas las palabras que salgan de su boca para hablar contigo, mujer. Es mi hijo un hombre ocupado por la voz de Dios. Soy yo la que devotamente lo escucha cuando así lo dispone y transmito sus palabras al pueblo. Ha sido un buen juez y yo he sido una buena compañía para él. No ha querido ser rey pues dice que Yahvé le ha mandado hacer rey a Saúl y que no ha de ser él quien desoiga el mandato. Me ha pedido que traiga a Saúl para así hacérselo saber, pero no lo he logrado. Cuidar a mi hijo me toma tiempo y hay cosas que le dice Yahvé que podemos tardarnos un poco más en obedecer, eso lo sé, porque las madres sabemos.

Gracias a eso hay paz y esta tierra es nuestra. Así ha sido prometida. Es la paz una buena cosa, mujer. Un buen hijo trae paz, pero ya lo sabrás cuando tengas hijos.

2 Jonatán

—Y fue Saúl hecho rey por orden de Yahvé. Son las palabras de Samuel las que ungieron a Saúl como rey de acuerdo al mandato de Yahvé y así se hizo. Ungido quedó como el primer rey de Israel. Y así quedará escrito siempre, que fue el primero. Saúl, el primer rey de Israel. Ese es el único pensamiento que tengo en mi cabeza y haces mal, hermoso joven, en intentar colocar otras palabras en mi corazón.

—No es un buen rey, mi señor. Aunque sea mi padre, he de decirlo. Podría pensar, mi señor David, que este que le habla saca sus palabras del rencor del corazón de un hijo atormentado por su padre. Algo de eso es verdad. El que no es buen padre no es buen rey y esa ley debiera estar escrita con sangre en las piedras de la alianza, pero no estoy yo aquí, tu amigo fiel, para darte mi opinión sobre las leyes que están o no escritas. Estoy aquí para avisarte que mi padre te quiere muerto y al decírtelo lo traiciono, y espero por eso no ser condenado, pues dice la ley que debo honrarlo. No puedo honrar al hombre que quiere quitarle la vida a mi amado. Así me he dicho a mí mismo para atreverme esta mañana a desoír su mandato y venir a postrarme a tus pies. No ha de ser mi padre el que acabe con la música, la hermosura y la vida de David. No, si puedo impedirlo.

He venido esta noche a decirte que debes huir, pues no entiende razones mi padre. Ves lágrimas en mis ojos pues al irte tú, se va el alma de mi cuerpo. No he conocido amor más grande que el que profesa Jonatán a David.

—Estoy cansado de huir. He llevado a tu padre tributos, esclavos, mujeres. He ganado sus batallas, devuelto sus tierras. Le he quitado de encima cuanto enemigo se ha puesto enfrente, porque fue Saúl hecho rey por orden de Yahvé. Ungido quedó como el primer rey de Israel. Y así quedará escrito siempre, que fue el primero. Saúl, el primer rey de Israel. Ese es el único pensamiento que tengo en mi cabeza.

—Y con ese único pensamiento has de morir, amado mío, pues mi padre está a una noche de distancia, con cuatrocientos hombres que tienen la consigna de matarte.

—¿Cuál es mi falta? ¿Cuál es la falta de David, que entraña tanto enojo en Saúl? ¿Qué terrible acto ha cometido este que te habla, como para ser perseguido con furia por tu padre? ¿Ha tenido siervo más leal que David? Tesoros como la cabeza de Goliat o la mujer de Ajimelec le han sido entregados de botín de guerra en nombre de Yahvé. ¿Por qué me odia? Tú eres su hijo y alguna de sus razones te habrá revelado.

—Escucha lo que he de decirte, hermoso David, pues no soy de grandeza suficiente para cuestionar a Yahvé y sus designios. Es sabido por todos quienes te amamos y te miramos todos los días, que eres un elegido. La bendición de Aquel que todo ha creado te sigue a donde vayas. Escucharte cantar es escuchar la voz de sus ángeles. ¿No has mirado, hermoso señor mío, que no hay ejército extranjero que pueda vencerte? ¿No has visto cómo la abundancia está alrededor tuyo como si la sembraras al pasar? ¿No has mirado cómo ante tus palabras ceden hasta los necios y obtusos? Incluso, amante de mis noches, deseaste a Abigaíl, esposa de Nabal, y Yahvé mismo trajo la muerte a su esposo para que así pudieras tomarla como tuya. Quienes te amamos lo sabemos. Nunca hubo, sobre la faz de la tierra, hombre más amado por Yahvé que David, el hermoso, el fuerte, el de la voz de hechizo, el de la gracia divina.

—Miríadas a David y a mí solo millares.

—¿Cómo dices, mi señor?

—Desde que recuerdo lo he escuchado. De mis hermanos, de mi padre, de los otros hombres bajo el cobijo de mi padre. Han dicho: «Yahvé es injusto, pues ha dado a David todos los bienes del mundo y a nosotros unos cuantos».

—El demonio de la envidia, señor mío.

—Y me ha perseguido desde que mi mundo es mundo y ahora me persigue con tu padre. Desde niño, mientras las bendiciones crecían, también se hacía grande el odio en las miradas. Hombres de bien, cuya vida era buena, se han hundido en el odio porque la mía era más. He rezado sin parar, preguntándole a Él por qué me hace ser quien trae los demonios al pecho de los hombres. He llorado. He renegado en el desierto para que rompa su alianza especial conmigo y viva yo como todos los demás. Soy su elegido. No puedo morirme, ni empobrecerme, ni someterme a espada alguna. Estaré vivo y en abundancia hasta que me sea revelado para qué.

—Yo estaré cuidando tu vida.

—Hasta que la envidia haga de tu amor veneno, y necesites matarme y no puedas, y me odies más porque siga respirando, y entonces los otros que me aman te maten a ti para salvarme, y me amen hasta que la envidia haga de su amor veneno y continúe la serpiente el camino de mi desgracia.

—No hay en mi corazón envidia. No encuentro rastro o semilla.

—Pero la habrá, hermoso Jonatán, porque siempre seré más grande que tú, más hermoso, más amado. Siempre caerá la gracia sobre mí sin razón alguna y no entenderás el porqué. Y seré rey cuando muera tu padre y será mi descendencia de importancia para nuestro pueblo, aunque tras de mí los hombres enloquezcan de envidia, me tendrán respeto como su rey y nuestro pueblo será unificado. Todo eso lo sé porque así me lo ha hecho saber Yahvé en sueños. Lo que no distingo es por qué ha elegido que el camino de la grandeza de su pueblo sea hecho con las piedras de la envidia de su mismo pueblo.

***

José, he despertado llorando. Apareció en mis sueños un hombre entristecido profundamente por ser bendito. Soy yo la más bendita entre todas las mujeres. ¿Llegará a mi pecho la tristeza milenaria de los grandes? ¿Es la

293

gloria mi destino? ¿Seré valiente para aceptar ser su madre? ¿Podré hacer un hijo tan grande como para salvarme de mi propia historia? ¿Podrá mi hijo ser afortunado y pasar inadvertido entre los hombres? ¿Me envidiarán por haber sido la caminante de Dios? ¿Tirarán piedras a mi vientre cuando sepan que el fruto es divino? Y si al tener a su hijo me convierto en Dios, ¿me será perdonado por los hombres de todas las tierras?

Soñé que me usaban para matar a otras, millones.

Soñé que miles como yo morían por no ser como yo.

Soñé que me usaban para apedrear a muchas, y sacarles el vientre y quitarles la piel y romperlas en pedazos.

Soñé que mi gracia provocará una inundación de envidia en todas las tierras de todos los hombres y no seré perdonada nunca por mi creación, porque no habría otro ser humano sobre la faz de la tierra capaz de crear la encarnación de Dios. No quiero la envidia del mundo. No quiero que maten a mi hijo por ser el hijo de la más grande.

Para no verlo morir, dejaría de caminar.

Para no verlo morir, echaría hacia atrás los pies, los pasos y las piedras.

Para no verlo morir, enterraría en arena mis oídos y dejaría de escuchar su voz.

Para no verlo morir, dejaría de ser quien soy, lo olvidaría.

Amado José, tejedor de raíces, orquestador de los árboles del mundo, hoy entiendo quién soy. Apareció en mis sueños David, cabeza de tu linaje, y lo miré desde fuera hablar con un hombre, mientras lamentaba su destino. Lo miré con atención pues supe siempre que es cabeza del linaje de la casa de mi esposo. Antes de despertar, se dirigió a mí como si no existiera entre él y yo la frontera de los siglos. Eres tú la que fue anunciada. Eres tú, no dudes más, me dijo en los sueños. ¿Por qué yo?, le pregunté. Porque no hay otra con un linaje de mujeres como el tuyo. Hubo siempre ángeles resguardando que el deseo fuera su origen, como es el mundo. Dios deseó y entonces creó. Tu madre deseó y así es que naciste. Su madre deseó y así nació. Y así desde el principio de los tiempos.

La grandeza nos tomó por sorpresa, José. En el nombre sea de Dios. Estoy hecha de lo mismo, lo sé. Pero no soy lo mismo. Solo espero que mi camino por este mundo no sea una torre de Babel.

X SAMUEL II

Si me aterra el hecho de lo que soy
para vosotros, eso mismo me consuela,
porque estoy con vosotros.

Dios

1 Jonatán

La más hermosa eres entre todas las mujeres. La más bella para el rey más hermoso. Nunca podré con mis caricias acercarme a la calidez de los besos que tiene Abigaíl para David. Nunca podrán mis palabras compararse a los versos que compuso David para Abigaíl.

Soy afortunado.

Reconocerme en las manos de ustedes ha sido como un baile de abundancia interminable. Es el amor del rey y de su esposa una sorpresa para este siervo de Israel.

Quisiera no irme nunca de aquí. Quisiera que nuestros amaneceres en el abrazo duraran para siempre. ¿Solo yo espero con ansias la noche para encontrarles? ¿Es acaso que mi corazón, por joven, se muestra más inquieto que los suyos? ¿Es esta pasión tan bendita para ustedes como lo es para mí?

Soy afortunado. El más amado de todos los hombres que caminan por el mundo.

Con los besos de David y Abigaíl puestos como escudo, me voy a la guerra. No hay mejor razón para defender una tierra que amar a su reina y a su rey. Y cuando vuelva de haber cruzado el río y conquistado pueblos, nos habremos de conquistar en las caricias para completarnos en el amor.

David, mi amado rey.

Abigaíl, mi amada reina.

2 David

Más delicioso para mí es tu amor que el amor de las mujeres, Jonatán. Es tu muerte la tristeza de mi alma. No sirve de nada ser el rey de los judíos si no te tenemos en el lecho. Soy el más triste de los hombres.

Era Jonatán el mejor amigo para una reina. Era Jonatán el más hermoso y gentil de los consejeros que un rey necesita. Amado mío, la noticia de tu muerte se ha hecho lágrimas de fuego que me brotan sin cesar, horadando hasta el aire que respiro.

¿Cómo ha de ser la vida sin ti? ¿Habrá de terminarse este dolor? ¿Habrá de esfumarse el sinsentido? Incompleto estoy.

3 Abigaíl

Desde la muerte de Jonatán son los ojos de David como cuencos sin vida. Más delicioso que cualquier triunfo, alimento o caricia que yo hubiera podido darle, fue la dulzura de Jonatán para David. Se anidó, en este amor nuestro, la alegría que lo hizo un buen rey, un esposo protector y un padre justo. Nos hace falta nuestro joven amor, por eso te busco a ti.

Es mi esposo el mejor de los hombres, debo decirte. Elegido como ha sido entre los elegidos, no ha dejado que la tristeza le robe la razón para la justicia y el discernimiento. Era Jonatán el amante más dedicado para mi esposo. Era completa la vida cuando él estaba en nuestro lecho. Hoy hay silencio, miradas que se pierden a lo lejos y suspiros sin destinatario. Es mi esposo un hombre adolorido y a su pecho atormentado, un grito sordo de esta que te habla le hace coro. Estoy también desolada por la muerte de nuestro hermoso Jonatán, por eso he venido a verte.

4 Betsabé

Lo sentí desde el río mientras me bañaba. No quitaba sus ojos de mí.

Los he visto llorar a tu esposo y a ti. Les he visto la sequedad en la mirada y en la piel. La tristeza de David y Abigaíl ha sido el rumor de la gente desde hace tiempo.

Si bien es cierto que el rey no ha dejado de cumplir con los asuntos que le corresponden, para nadie es un secreto que arrastra los pies entre una labor y la siguiente y no hay cosa alguna que le regrese la luz a la mirada. La preocupación por el ánimo del rey ha llenado de desconfianza a algunos que se decían amigos de tu esposo, es bueno que lo sepas.

Pero hoy me miró en el río y una pequeña sonrisa brotó de entre las tinieblas de su tristeza.

Ahora me miras tú.

Ahora te miro yo.

Ahora nos miramos tú y yo.

5 Jonatán

Mi amado señor, mi amada señora, una columna delgada de aire me sostiene aún en el mundo. Escucho el canto de los pájaros. ¿Me estaré despidiendo de esta vida? No hay sonido alguno saliendo de mi boca. Si lo hubiera, gritaría que he sido bendito por haberles amado.

De sus brazos me fui a la guerra y la muerte no me dejará volver.

Abigaíl, David, Abigaíl, David, Abigaíl, David.

David.

Abigaíl.

6 David

Te extraño. Tu ausencia me rompe.

Camino entre los olivos para encontrar tu recuerdo.

Volaban los pájaros para ser testigos de tu andar y detrás de ti, mi esposa y yo, azorados por tu belleza, escuchábamos las miles de palabras que salían de tu boca. Palabras exaltadas de alma joven que emocionaban nuestros espíritus y nos hacían temblar de alegría. Tu bendita presencia, Jonatán, consagraba con frescura nuestra unión.

Oro de rosas había detrás de tus pasos.

Tu belleza, Jonatán. Tu belleza.

¿Cómo haré para cumplir ahora los mandatos de Yahvé, si no tengo fuerzas ni siquiera para respirar?

Te extraño. Tu ausencia me rompe.

7 Abigaíl

Ahora hay que construir un templo. Debe el rey edificar un lugar que guarde el arca de la alianza y que nos unifique, para que los pueblos del norte y los del sur por fin sean uno solo.

Cuando llegó el mandato a los sueños de mi esposo, nos llenamos de alegría. Jonatán y yo comenzamos a hacer los planos. Era un espléndido dibujante y entre sus manos, mis ideas y nuestras caricias, le fuimos dando forma al primer templo del pueblo de Israel, el templo de la alegría de la alianza, de la celebración del amor de Dios, de la bendición eterna.

Nuestra casa estaba bendita con la alegría amorosa de Abigaíl, Jonatán y David. En nuestra casa estaba Dios y por eso había riqueza, pues la verdadera pobreza es estar sin Dios.

No pienses que en mis palabras no hay dolor, Betsabé, yo también amaba a Jonatán. Es solo que tengo un corazón preocupado por Israel y nuestro pueblo necesita un rey en paz, con alegría en el corazón. Nuestro pueblo necesita un rey que tenga inspiración para construir un templo y el templo de la alegría no se puede construir en medio de la tristeza.

Por eso he venido a buscarte, mujer.

Mi esposo te miró bañándote y se ha instalado tu belleza en nuestra conversación. Debo decir que no me sorprende. Ahora que estás aquí, pienso que las palabras de David fueron insuficientes para describir a la hermosa Betsabé.

Ven conmigo.

Sus esposas, las del norte y las del sur, estamos ocupadas en darle hijos. Vasta será la descendencia, pues del linaje de esta casa ha de nacer quien será el Salvador. Tenemos una labor importante. Debemos dejar un pueblo enraizado para que, de la tierra prometida, deje de brotar sangre y por fin solo brote leche y miel.

Ven conmigo. Tengamos más hijos para este pueblo. Llenemos nuestro lecho de alegría. Ven conmigo a los brazos de David.

8 Betsabé

Querido Padre, Padre nuestro.
Es sagrado tu nombre y no he de pronunciarlo.
Escucha mi oración.

Ten compasión de nosotras y nuestros hijos.
Ayúdanos a poner fin al dolor, la guerra y el hambre.
Que el odio desaparezca de esta tierra
y sea tu bendición la que inscriba nuestro nombre
en el libro de la vida.

Querido Padre, Padre nuestro.
Es sagrado tu nombre y no he de pronunciarlo.
Escucha mi oración.

Enséñame el camino, te lo pido.
Bendice mis manos, para que la luz
se haga presente de nuevo en la casa de David y Abigaíl.
Bendice mi vientre para que reciba este linaje
y sean los hijos nacidos del amor

los más justos entre todos los hombres.
Guía mis gestos para que sean gentiles y agradables a la
hermosa Abigaíl.
Haz de tu sierva la amante más dulce
y que sea el reinado de David duradero, pacífico y abundante.

Querido Padre, Padre nuestro.
Es sagrado tu nombre y no he de pronunciarlo.
Escucha mi oración.

No es conveniente para nuestros pueblos más guerra.
No queremos que quienes nos odian luchen juntos
y volvamos a ser el pueblo de las tribus.
Que la casa de David y Abigaíl siempre sea bendita.
Que mi amor para Abigaíl y David siempre sea bendito.
Que sus corazones me elijan para completarse.
Que la casa de Abigaíl, David y Betsabé sea siempre
bendita.

Hermoso David, hermosa Abigail. No me aterra el hecho de lo que soy para vosotros, eso mismo me consuela, porque estoy con vosotros.

Amén.

XI REYES I

Dejad que vengan a ti. Si lo comprendéis
hoy, entenderéis la bendición siempre.
Dios

1 Salomón

Este es el tejido del perdón, así lo nombro yo. Soy un tejedor experto, mujer. Lo hago para guardar la paciencia. Enseñanza de mi madre que ha resultado de gran utilidad para gobernar.

Me han dicho que tu esposo es un tejedor de maderas, hombre de brazos fuertes que con voz suave vence las raíces y las ramas y los troncos enteros para construir belleza. Es José, el esposo de María, un hombre afortunado. ¿Le hablas a él con la sabiduría con la que me has hablado a mí estos meses? Es tu voz como la de mi madre. Suave. Dulce. Firme. Fuerte.

Montado en un burro me envió mi padre a hacerme rey, como se lo prometió a Betsabé, mi madre. Reinó David, mi padre, cuarenta años, y de sus canas, mis recuerdos y nuestras lágrimas, tejimos sobre su tumba la promesa de un reino justo.

Fue mi madre una buena mujer. Como la miré te miro hoy. Ella puso en mis manos estos hilos por primera vez. Has de ser rey, me decía, y es de reyes hilar los hilos de las vidas de los miles. Has de aprender a hilar bien porque un tejido fuerte es un reino fuerte.

Ojos como los tuyos —despiertos y sabios— tuvo mi madre. A mi derecha se sentaba y con discreción de gestos y manos me enseñó a dirimir los asuntos de los doce gobiernos a mi cargo. A nuestra puerta han tocado con los problemas más diversos buscando discernimiento. «Cuando no sepas qué decir, qué consejo dar, teje y la respuesta aparecerá entrelazando la razón con la paciencia». Eso decía mi madre y así he hecho.

Una mañana dos mujeres peleaban por la propiedad de un hijo. Se habían ido a dormir cada uno con un bebé vivo y a la mañana siguiente, a una de ellas le amaneció muerto, se lo colocó a la otra en el lecho y en la desesperación, le tomó el niño vivo. A la mañana siguiente, la otra se dio cuenta de que la criatura con la que había amanecido no era la suya y con ese pleito vinieron a verme. Cada una clamaba que el hijo vivo era el suyo y que la otra quería robarlo. No había manera de saber cuál de las dos era la madre verdadera puesto que la criatura era aún un rostro indefinido. Les dije a las mujeres que volvieran al día siguiente y que entonces sabría quién era la madre, pero que al niño esa tarde lo cuidaríamos mi madre y yo.

Lo tuve en mi regazo el resto del día. ¿Alguna vez has tenido un bebé así? Es torpe mi pregunta, lo sé. Son las mujeres quienes llevan a los bebés de brazo en brazo hasta que los pies toman valor y deciden caminar.

Comprenderás que un rey como yo nunca había tenido a un niño en brazos más allá de unos minutos. Con muchos hijos me ha bendecido Yahvé. Muchos hijos y muchas madres que han cuidado a esos hijos de brazo en brazo, de seno en seno. Pero los hijos de Salomón nunca estuvieron más de unos minutos en los cuidados de Salomón. Siempre hubo asuntos más importantes que atender, una guerra por hacer, un templo que planear, un sacrificio que ofrecer, un pleito de tierras que dirimir. Es nuestro pueblo numeroso como granos de arena en la orilla del mar. Los asuntos de tanto pueblo ocupan los días completos de un rey. Los años pasan. Los hijos crecen rápido y se hacen personas que llevan pedazos de tu rostro.

Aquella tarde, mientras tuve al bebé del pleito a mi cuidado, recé. Mi madre, sentada a mi derecha, tejía. A Yahvé le pedí que me diera el discernimiento suficiente para saber de quién era este hijo y que fuera su madre verdadera, y no la otra, la que se lo llevara de vuelta. Y el rezo me llevó a mirar, y la mirada me llevó a descubrir. Miré a ese niño durante horas y encontré los primeros días del mundo. Miré cómo Dios separó el día de la noche y la tierra se hizo y la pobló de bestias y de peces y de aves y miré cómo las estrellas alumbraron la noche y el sol el día. Miré en los ojos de aquel niño cómo se hizo la luz.

En su rostro encontré el Génesis. En el mío encontró con su pequeña mano unas barbas para jugar. En diálogo de ojos me contó que no sabía nada y entendía todo, que tenía hambre, que sus sueños eran plácidos y simples como las nubes. En conversación con sus pequeñas manos y sus diminutos pies admiré cómo fue creado al sexto día, antes del descanso de Dios. Y en el descanso de Dios, con tiempo y calma para mirar lo creado, entendimos que estábamos solos. Dios lo entendió y nos hizo. Yo lo entendí y me aferré a esa criatura que no era mía, pero lo era porque lo son todas. Porque fuimos todos criatura de alguien, por lo tanto, todos tendríamos que ser el regazo de alguien.

Habló mi madre y me dijo: esa criatura es perfecta. Lo es. Si fuera mi hijo no podría dormir esta noche por la sola posibilidad de perderlo. No hay lugar en el mundo donde una madre que pierde a su hijo tenga paz.

¿Cómo es?, le pregunté, ¿cómo es ser madre?

Habló de nuevo mi madre sabia y dijo: «Para saber lo que es tener vientre que incuba la vida, no hace falta más que mires con atención estos hilos con los que tejemos tú y yo. Ahora, en vez de mirarlos como siempre, hazlo del final al principio, de tu orilla a la mía. Mira los hilos que unen nuestra vida con los ojos al revés, como si el aire que respiro viniera de ti y estuviera en el silo de tu alma todo el trigo que me ha de alimentar en esta vida. Mírate a ti como el alimento de mí.

»Eres un hombre ahora, que ya no necesita de mi pecho ni de mis brazos para colgarse del cielo y caminar el mundo, pero entre tú y yo hay un tejido hecho de miles de hebras que van para un lado y otro. Por eso hay veces que las palabras no son necesarias y es una caricia o una mirada la que nos hace entender que tal dicho o ley es mejor que otra. El tejido nuestro cubre el corazón y es también el camino que recorremos del amanecer al anochecer. Este tejido nos ha tomado todos los días de nuestra vida. Soy yo tu madre, la que te enseña y te recorre los suspiros todos los días. Eres tú mi hijo, el que me enseña y me recorre las arrugas del rostro todos los días. Ocurra entonces la posibilidad, dulce rey, que esta noche te conviertas en madre para que tu juicio sea correcto. No sueltes a esta criatura de tus brazos y tu lecho. Cada segundo que su respiración vigiles es un hilo engarzado. Por la mañana, entre ese pequeño y tú, habrá un tejido hecho que jamás se destejerá. Eso es lo que pasa en el séptimo día. Dios lo supo. Yo lo sé. Sé una madre, buen rey. Sé un buen rey».

Esa noche no dormí. Me convertí en Dios madre para no dormir.

Regresen el día de mañana, les había dicho a aquellas mujeres y así lo hicieron. Apenas las vi entrar, con el rostro deshecho en lágrimas, abrí la boca y dije:

Bienaventuradas sean por llorar, porque han de recibir consuelo.

Bienaventuradas por tener hambre y sed de justicia, porque serán saciadas.

Bienaventurada es esta criatura de limpio corazón, porque verá a Dios.

Es este niño la sal de la tierra; pero si la sal se evapora, ¿con qué será salada? No sirve más para nada, sino para ser echada fuera y hollada por los hombres.

Bienaventurada la decisión del rey guiada por la misericordia porque así estas madres alcanzarán misericordia.

Gocen y alégrense, porque su galardón es grande, porque grande es la vida con la justicia en las manos y en esta mañana ha de ser justa la mano del rey.

Es esta criatura la sal de la tierra.

Es esta criatura la luz del mundo.

He tomado una decisión.

Una ciudad asentada sobre un monte no se puede esconder. Ni se enciende una luz y se pone debajo de una piedra sino sobre el candelero, y alumbra a todos los que están en casa. Así alumbré la luz delante de ustedes, para que vean la verdad.

No piensen que mi palabra ha de contradecir la ley o los profetas; no soy rey para abrogar, sino para cumplir. Porque de cierto les digo que no he de dormir hasta que esta sentencia se haya cumplido. De manera que cualquiera que ponga en duda la bondad de mi decisión con sus propios demonios ha de encontrarse.

Oyeron que fue dicho a los antiguos: no matarás; y cualquiera que matare será culpable de juicio. Pero yo les digo que en este caso es la mejor decisión. No se preocupen, mujeres, que ninguna de ustedes ha de ser la que aseste el golpe final. Este rey que les habla ha de cumplir con ese trabajo. En dos ha de ser partido este hijo de una de ustedes porque no existe forma de saber quién es la verdadera madre. Y si bien es cierto que medio hijo muerto no es la mejor noticia posible, es sin duda la más justa. Así lo dice la ley y por obediencia a ella, se llevarán cada una la mitad a casa. Así sea.

¿Una de las mujeres rompió en llanto y te suplicó que no lo mataras y que era mejor para ella verlo crecer en brazos de una ladrona que no verlo crecer nunca?, preguntó mi madre. Ella sabía que eso iba a funcionar. Yo lo supe tras una noche en vela acunando a aquel niño.

La justicia, mujer, se aprende de los lugares más inesperados.

Ojos como los míos has de buscar en una esposa para que teja contigo un buen reinado, me dijo mi madre antes de irse en el suspiro de una noche. Así los vi reinar. Mi padre, mi madre y las otras esposas de mi padre conversando los asuntos del norte, los asuntos de sur. Así los vi reinar, tejiendo y conversando. Así murió mi madre en mis brazos con los cabellos blancos tejidos entre mis dedos. Ahora ocupo tus brazos como tú ocupaste los míos, me decía. Así has llegado y así te irás, madre. En los brazos de tu hijo que con dulzura soltará los últimos hilos con los que te hallas tejida a la vida. Porque un día fuiste mi regazo para darme la bienvenida al mundo, hoy soy el tuyo para despedirte con un beso.

Que así lleguen a este mundo todos los hijos de Ashem —susurró mi madre— y así se vayan en paz, en los brazos de alguien más joven que desamarre los últimos hilos tejidos a la vida. Amén.

Y he sido el mejor rey posible, tejiendo como me enseñó ella. Cuando seas madre, mujer, ¿le enseñarás a tu hijo a tejer? Eres atenta al escucharme. Es tu esposo un tejedor con suerte.

***

Amado mío. José, el famoso tejedor de raíces. El de las palabras dulces y brazos de miel. Estamos hechos a imagen y semejanza de Él, el Gran Tejedor. Bendito sea este camino que hacen mis pasos para ayudarme a encontrar mi lugar en el gran tejido del mundo.

2 Makeba

Es mi tierra el reino de la abundancia. Al paso de esta reina que te habla, la tierra se torna frondosa y exuberante. Es palabra de mi pueblo que así pasa y yo lo creo, pues nunca lo he visto. Las mujeres como yo no miramos hacia atrás, no importa si lo que estamos dejando es abundancia o desgracia.

Mi pueblo te envía a modo de ofrenda una caravana cargada con maderas, granos y frutos de los que crecen tras de mí.

Lo que yo quiero está frente a mis ojos: tú, la sabiduría que te ha dado prestigio. He venido a aprender de ti. Me han dicho que tu reino está organizado en doce tierras con gobernadores, ministros, jefes del ejército, arquitectos, constructores, y que hay en tu harén al menos trescientas esposas. Es numerosa tu descendencia, Salomón, y famosa tu abundancia.

He venido a aprender de ti, a mirar la riqueza del pueblo de Salomón de cerca y aprender.

Desde el reino de Saba he recorrido los desiertos y cada pueblo del camino manda para ti ofrendas de adoración y respeto. Telas de las más finas, especias que harán viajar tus sentidos para recorrer conmigo todos los pueblos que alaban a Salomón. Voy a mostrarte los olores y sabores de la mitad del mundo. Quiero que aprendas de mí.

Es la fama de Salomón la justicia que prodiga, que dicen es más abundante que los tesoros que posee. Soy tu sierva, Salomón. He venido a aprender del mejor, para ser la mejor. ¿Cómo logras que te obedezcan tus gobiernos? ¿Es necesaria la obediencia? ¿De los tributos de los doce gobiernos es que Salomón, el sabio, puede construir palacios y templos y hartarse en los banquetes con sus cientos de esposas?

Al andar los caminos del desierto tuve sueños. Te miré en medio de la abundancia infinita con el alma atiborrada de aburrimiento y hastío. ¿Es posible cansarse de la abundancia y del amor? ¿Es cierto lo que dicen, mi señor, que es la riqueza el mayor de tus aburrimientos?

Es tu Dios generoso.

Ninguna de mis diosas le ha dado tanto a mi pueblo como tu Dios al tuyo, pero mis diosas me guiaron a ti. Debes ir con el rey del norte que con los animales habla. Debes ir con Salomón, el que lo tiene todo, riqueza, amor y sabiduría.

He venido a aprender de ti. He venido a enseñarte a ser generoso con los pueblos del sur. Verás entonces, señor mío, que la cura para el aburrimiento de la abundancia es mirar a los ojos del que nada tiene. He venido a llenarme de ti, a cambiar tu tristeza por gozo. A hacer de ti el sabio que prodiga abundancia y justicia y con ello florece su corazón. He venido con mis diosas por delante para acariciarte el alma desde el sur hasta tu norte.

—No hay más Dios que Yahvé. Aleja a tus diosas de mis caderas.

—Son mis diosas la miel de la vida y no les importa que también ames a Yahvé.

—No hay más Dios que Yahvé. Quita a tus diosas de mis ojos que se están obsesionando contigo.

—Son mis diosas las que te permiten mirar la alegría. Las que te hacen ver lo que tu ciega justicia no ha logrado ver.

—No hay más Dios que Yahvé. Ni en este lecho ni en otro alguno.

—En este lecho son mis diosas las guías para llevarte al paraíso de vuelta.

—Harás que pierda la bendición.

—La bendición no se pierde o se gana. Se habita. La estamos viviendo.

3 Astarté

Tengo los nombres más pequeños y los más grandes también. No hay Dios pequeño ni grande si soy el todo y cada una de sus partes.

No me ofende que me llaméis por otro nombre.

No es faltarme que me imaginéis de un modo o de otro.

No me humilláis al cantarme.

No me ofende que me adoréis en imagen.

No me ofende que me adoréis sin imagen.

No tenéis el poder de ofenderme.

Soy de barro en estatua.

Soy silencio sin nombre.

Soy todos los nombres del mundo.

Soy efigie, imagen, sueño, voz, zarza ardiente.

Soy vientre abultado, caderas anchas, senos de barro y rostro sonriente.

Soy también las diosas que cuidan los bochornos y los llantos y los vapores y los humores y los dolores de vientre.

Soy la diosa de tierra y el dios de ideas.

Soy incluso la ausencia de mí.

No me ofendéis ni me humilláis al nombrarme como podáis.

Soy uno y soy todas.

No me ofendéis ni blasfeméis al representarme de mil formas.

Soy todo lo que habéis visto y lo que veréis.

No perdáis tiempo en ordenarle al mundo lo que soy o no soy, lo que me representa o no.

No perdáis tiempo en eso porque yo soy el tiempo.

No me perdáis que os amo.

***

—Soñé contigo. Con la más dulce de tus voces. Soñé con tu voz pero no eras Tú.

—¿Cómo sabéis que no era yo?

—Nunca antes había visto la dulzura en ti.

—Nunca antes habíais estado lista, quizás.

—¿También eres dulce?

—Soy todo.

—Nunca antes te había escuchado así.

—Tal vez el sonido entre vos y yo es ahora más nítido. Quizás llegue a ser salmo. Quizás canto. Tal vez entre vos y yo hasta el silencio se convierta en dulzura.

—Me engañas. Quieres que acepte ser la madre de tu hijo y llenas mis oídos de esperanzas. Quieres que sea la mujer que piensa que hay un Dios dulce y bondadoso. Eres todo lo contrario. Estás hecho de guerra y golpes y vientres abiertos por mitad por los hombres que nos sacan a los hijos de la entraña para aventarlos al mundo a cortar otros hombres por mitad y llenar la tierra de sangre que no puede regresar al cuerpo que nace de mujer. De nuestros vientres sale la sangre que otros vierten como si el manantial de nuestros cuerpos no se secara nunca. Parimos con dolor porque sabemos que este Dios tiene escrito en el libro de la vida la muerte trágica de los hijos que salen de nuestros vientres. Y los varones de nuestro linaje se crean a la imagen y semejanza de un Dios cruel. Así es, así ha sido y así seguirá siendo. Por ti, para ti, en nombre tuyo y con tu bendición.

—Así ha sido.

—Así ha sido.

—Hasta que deje de serlo.

—¿Cuándo será eso?

—Cuando aprendan a mirarme como me miráis vos.

—Yo te miro cruel.

—No siempre.

—No. Hoy te miro dulce y en tu regazo quisiera envolverme. Hoy me siento la más grande del mundo y quisiera que alguien más grande que yo me envolviera en su regazo y me guiara al sueño con un rezo. Hoy quisiera ser un alma simple que nunca tuvo tanta curiosidad como granos de arena tiene este desierto. Hoy, después de haber andado estos dos años, quisiera sentarme aquí, de la mano de mi esposo, con los hijos de mi esposo y comer y beber mientras conversamos de cualquier cosa. Hoy quisiera ser una de tantas que no sabe que este atardecer es parte de un entramado que se mueve a voluntad de ti. Hoy quisiera solo creer en ti, sin tener la certeza de que existes. Saberte cierto me hace grande. Tan grande como el rey que entiende la justicia y tiene que aplicarla siempre. Tan grande como el reino que tiene las riquezas y debe aprender a compartirlas siempre. Tan grande como quien crea un mundo desde el caos y debe guiarlo a su mejor versión posible. ¿Por qué yo?

—Porque sois la primera de las miles que han de venir. Escuchad mi voz que ha de revelaros la historia que desatan vuestros pasos en la tierra. Escuchad, pues volveréis a salir de Egipto, pero esta vez Egipto estará en todos lados porque en realidad nunca salieron de ahí. Ahora no podéis comprenderlo porque no tenéis manera de imaginar un mundo en donde la tierra no sea la tierra y en donde se recorran cientos de mundos sin mover un solo pie. Un mundo en donde salgáis huyendo de un lugar para construir otro igual donde encerraros. Ahora no lo comprendéis, pero lo miraréis cuando estéis sentada a mi lado. No sabrán que están caminando, pero lo harán, y a la mitad de las cuarenta vueltas de la vida, una peste les indicará el camino. Y será el cielo una larga noche porque el ángel de la muerte se interpondrá entre el sol y la posibilidad de la vida. La larga noche de los absurdos será más larga que el diluvio o el camino a la tierra de las promesas que no se cumplieron. La larga noche de los absurdos que con alas de ángeles trágicos, mensajeros de la muerte, os impedirá mirar la luz. Y en la fuerza de la oscuridad habréis de miraros más de cerca, los ojos, los ombligos, los vientres, las manos. Tendréis que tocaros para reconoceros y en las manos y las pieles descubriréis otros ojos y otros labios y otros olfatos. Y esa larga noche de los absurdos será el tiempo propicio para que llenéis de nuevo los ríos con lágrimas de arrepentimiento. Y si lloráis lo suficiente y os miráis lo suficiente y os tocáis lo suficiente seréis capaces de mirar el gran Egipto del que nunca habéis salido y lo abrazaréis y lo habitaréis distinto, paso a paso, palabra por palabra, labrando la tierra y los millones de corazones esclavos que han sido rotos desde el principio del mundo.

—Me dices palabras que no entiendo. Soy demasiado pequeña para tanto.

—Sois la primera de millones que han de venir del mismo tamaño que vos porque vuestro tamaño es la medida de las cosas, pero esto no será entendido hasta la larga noche de los absurdos. Ha de distraerse el mundo con vuestro vientre y vuestro hijo y vuestro rostro y vuestra mirada y regazo y vuestro halo de santidad. Y vuestras piernas abiertas para la inspección, María, serán el gran entretenimiento del mundo durante dos mil vueltas de la vida. Un pedestre y cruel espectáculo para las fauces voraces. Pero vendrán las que siguen de vos. Por cientos, por miles, por millones, a poblar la tierra de otra voz y otra palabra que vendrán de mí, pero de una mejor versión de mí.

—No te entiendo. Me asustas.

—Yo también me he equivocado, eso tienes que saberlo. Por eso os siembro a vos en este mundo y me postro como se postraría cualquiera ante el reconocimiento de un milagro. La siembra de la primera hará a la segunda y a los cientos y a los miles. Y cuando el ángel de la muerte se haga presente en el final de los primeros días, todos los muertos regresarán a hacerle compañía a los que se irán solos. Y las hijas de la primera reconocerán a los muertos que se hacen presentes y, mirando de frente la muerte, le harán una caricia como a otra de sus hijas y cambiarán el sentido de la vida. No lo has de mirar vos, pero lo mirarán las que son como vos porque, gracias a vuestros pasos, se multiplicarán por millones los caminos para vosotras. Será doloroso, María, pero sois mujer, entendéis con el cuerpo que el dolor hace parir la vida y los milagros.

—Me siento sola.

—Yo también. La cima es un lugar solitario. Vuestra compañía me ha recordado algo que no sabía que había olvidado. Algo que me hace ser lo que soy.

—¿Qué cosa?

—No tiene un nombre que podáis comprender. Puedo hacer que lo sintáis.

***

José de las distancias, mi amado esposo. He sido tocada. Entiendo tanto. Se desbordan los ríos por mis ojos de tanto que entiendo. No puedo explicarlo, solo lo sé.

José, yo entiendo. Yo soy. Estoy lista.

XII REYES II

Hablad. Es vuestro tiempo. Tomadlo.
Dios.

1 Esther

No todas son capaces de recibir esto, sino aquellas a quienes es dado. Pues hay mujeres que nacieron así del vientre de su madre, como todas las demás. Habemos otras que somos hechas por los pies que se empeñan en enamorarse de los caminos y se construyen a sí mismas, caminantes por causa del reino de los cielos, por causa de ser necias de quererlo encontrar. Y digo en voz alta: La que sea capaz de recibir esto, que lo reciba. Tú eres capaz, como yo.

Pero es necesario que las que caminan como nosotras sean irreprensibles, alegres, prudentes, aptas para enseñar a las demás que el mundo no es nuestro, es un bien que nos fue dado para recorrerlo en gracia.

Las que caminan no han de ser pendencieras, ni codiciosas de ganancias deshonestas, sino amables, apacibles, no avaras. Que gobiernen bien sus pasos, pues quien no sabe gobernar sus propios pasos, ¿cómo cuidaría de la tierra de Dios?

Entonces te digo: No todas son capaces de recibir esto, sino aquellas a quienes es dado. Si conocieras el don de Dios… lo conoces. Si lo reconocieras todo el tiempo.

Te lo dice Esther, la que también camina. Te lo digo a ti, María, a la que le es dado el don.

Somos la sal de la tierra; pero si la sal se desvanece, ¿con qué será salada? Eres la luz del mundo. La que ama a su esposo y amará a su hijo y lo guiará para que sus pasos sean nuestra continuación, para santificar todas las vidas habiéndolas purificado en el lavamiento del agua por la palabra, a fin de entregarle al mundo una tierra gloriosa.

Escucha mi voz. Ella te guiará a toda la verdad y te hará saber las cosas que habrán de venir. Sé imitadora de mí, como yo lo fui de mi madre para que el hijo que ha de venir a tu vientre haga lo mismo y que con la voluntad divina acabe mi obra, nuestra obra.

Caminas, María, porque estás forjando una nueva creación, una donde no hay judío ni griego; no hay esclavo ni libre; no hay varón ni mujer; porque todas somos uno. Por esto has dejado padre y madre y esposo, y del camino te has vuelto una sola carne. Lo que yo he juntado no lo separe nadie.

Y si ahora preguntas por qué han estado las mujeres como tú apartadas del mundo y en cercanía de sus casas, te digo: al principio no fue así. Al principio caminábamos hombres y mujeres la misma tierra, los mismos pasos, las mismas piedras. Así fue en el paraíso, cuando todo era poco y era tanto. Pero al correr las vueltas del sol, se han dividido y puesto diferencias entre la casada y la doncella. La doncella ahora tiene cuidado de las cosas del Señor, para ser santa así en cuerpo como en espíritu. Y la casada tiene cuidado de las cosas del mundo, de cómo agradar a su marido. Esto lo digo para que entiendas que al principio no fue así. Porque a nosotras es dado saber los misterios del reino de los cielos. A nosotras nos es dado conocer los misterios del reino de Dios; pero a los miles les ha de llegar el saber por parábolas e historias para que viendo no vean, y oyendo no entiendan. Y en verdad te digo, al principio no fue así. Al principio caminábamos hombres y mujeres la misma tierra, los mismos pasos, las mismas piedras. Así fue en el paraíso, cuando todo era poco y era tanto.

2 Eliseo

¿Para qué sirve la guerra? ¿Esa es tu pregunta, mujer? Es una limpieza, una oportunidad de empezar de nuevo. Debes mirarla con estos ojos, los tuyos miran con dolor y no es dolor la guerra, es parte de la vida. Ven, siéntate aquí a mi lado y observa. Aquel pueblo de allá, ¿lo ves? Es Moab, por el camino del desierto de Edom han entrado los tres reyes para conquistar y matar al rey de Moab. ¿Por qué? No lo sé, cosa de reyes, pero así ha sido y así será. El sol sale por aquel valle, se mete por ese otro, nos hacemos viejos y los reyes se matan, son leyes de la vida. Me han llamado para darle consejo a estos reyes y que puedan vencer en su emprendimiento porque el desierto los tiene detenidos y así lo he hecho. ¿Por qué me han llamado a mí? Porque soy hombre de Dios. A mí me habla Yahvé y a través de mí les comunica a uno u otro rey, a uno u otro pueblo, quién tiene su favor.

¿Ves aquellas zanjas que hemos hecho? Se llenarán de agua, les dije. Ha de mandar Yahvé la lluvia abundante y se llenarán de agua. Apartaremos la suficiente para los ejércitos y con la roja tierra de estas montañas teñiremos el agua restante para que estos, nuestros ríos inventados, parezcan ríos de sangre.

¿No te parece hermoso que podamos inventar ríos? Podríamos inventarlos y desaparecerlos a voluntad. ¿Cómo sé que esa es la voluntad de Yahvé? Porque si no lo fuera me detendría. Esa es su voz, el silencio ante mis ideas.

Lo que va a ocurrir es lo siguiente: el pueblo de Moab pensará que los tres reyes enemigos han muerto y tomarán como prueba el río sangriento. Se habrán matado entre sí, pensarán. Y no es un pensamiento absurdo, dado que los reyes, como bien sabes, se matan los unos a los otros.

Una vez que tengan la certeza de que no hay peligro, se acercarán a la sangre. ¿Por qué se acercarán a la sangre? Porque es atractiva, siempre es atractiva. Necesitamos constatar que sin sangre dentro del cuerpo solo somos hierba seca e inmóvil. Necesitamos observar cómo es a través de la sangre que la vida se va yendo y se hunde en la tierra. No lo sé, pero he aprendido que la sangre atrae a los enemigos como lo muerto a las moscas. Entonces, desde dentro del río rojo, surgirán nuestros ejércitos para dar muerte a los incautos. Después de eso, avanzarán, les he dicho, y segarán toda vida de Moab, destruirán toda casa y quemarán todo campo, para que podamos empezar desde el principio.

Ahora mira el valle e imagínalo sin ese pueblo encima, ¿lo ves? Imagínalo también sin aquel bosque. Después de haber borrado Moab podríamos hacer todo un pueblo nuevo, con hombres nuevos e intentar otra cosa, otras formas.

¿No te parece hermoso que podamos hacer valles donde queramos?

¿Por qué quiero hacer un pueblo nuevo? No lo sé, por la misma razón que al llegar la noche quiero un nuevo día, por la misma razón que tus pasos quieren un nuevo camino. Yo sé quién eres. No, no me lo ha dicho Yahvé. Nos lo ha dejado saber por los cientos de voces que ya siguen tu camino. Y son tus pasos una máquina de guerra, pues detrás de ti vas dejando pueblos nuevos, costumbres otras. Tus pasos no siguen el camino, lo hacen, ¿lo puedes ver? No, no puedes, porque eres muy joven y es incomprensible que Yahvé le hable a una mujer y a una tan joven cuando habemos tantos que hemos estado ávidos de su voz por tanto tiempo y de tantas formas. Me he lavado siete veces en el río, he rezado, ayunado, he sido célibe, me he entregado al desierto cuarenta días con sus noches y solo escucho mis pensamientos, más numerosos, más rumiantes. Por eso sé que su voz está ahí. Con cada valle limpio, como el que verás aquí mañana, se tranquiliza mi alma y vuelvo a empezar. Algún día su voz me hablará y me detendrá y si no es así, significa que estoy haciendo su obra.

***

José, amado esposo mío, yo escucho su voz. Clara y fuerte. No es un viento ni una luz ni el trinar de un pájaro. Ni siquiera es el rumor de un anciano moribundo que me deja un mensaje entre miles de otras palabras. Yo escucho su voz, clara y fuerte.

Y su voz no me dice lo que tengo que hacer ni me manda a salvar a nadie o a curar nada. Tampoco me manda una guerra o me da estrategias para eliminar un pueblo o favorecer a otro. Su voz es mi compañía y mi conversación cotidiana. Habla y le respondo. Hablo y me responde. No es enigmática, aunque a veces no la entienda, es que soy joven, es que necesito aprender, es que no todo lo sé, ni lo he visto, pero su voz es clara y fuerte. Me enseña. Con paciencia me enseña y guarda silencio cuando estoy furiosa.

Su voz, para mí, es clara y fuerte. ¿Así ha sido para los demás? Creo que no. ¿Por qué? ¿Por qué yo y no mi hermana o mi madre o las hijas que tendré contigo? ¿Por qué no el hombre de las guerras que limpia los valles inventando ríos de sangre?

Me da miedo la respuesta. No quiero pensar que sea yo la única en el mundo que le escucha.

¿Para qué?

Me da miedo la respuesta.

Y, sin embargo, su voz es clara como lo fue este río antes de la sangre y fuerte como los gritos de locura con los que me despidió el hombre de la guerra.

José, la diferencia entre los profetas y yo es que ellos han hecho la guerra, esperando escuchar su voz para detenerse. Yo escucho su voz, clara y fuerte. No me ha pedido la guerra, me ha pedido un hijo.

3 Atalía

Mi hijo es Ocozías. Te digo su nombre para que lo olvides de inmediato. Así como tú, lo ha de olvidar el mundo y solo un libro y una línea de ese libro lo recordará. ¡Pobre mujer!, podrás pensar. Su hijo y el nombre de su hijo no dieron para más que una línea de un libro de tantas líneas de tantos libros que se harán en el mundo. Porque habrá muchas líneas escritas en el mundo de las palabras, mujer. Ciudades enteras escritas de palabras que contarán tu historia y la de tantas otras. Pero no contarán la historia de mi hijo, ni la mía. Porque historias como las nuestras fueron hechas para ser tierra, para ser puestas al servicio de la semilla y que los frutos sean otros. Habemos quienes somos tierra. Tú eres el fruto de todas nosotras que somos tierra y que somos semilla. Eres tú, la que eres, la que serás más grande que todas y que aquello que conocemos como grandeza.

Yo no, mujer. Yo no hablo con Dios ni con nadie desde que murió mi hijo. Vivo en aquellas cuevas que miras a lo lejos, al pie de la montaña. Si dejas tus ojos puestos nos verás. Somos las que salimos de pronto de entre la tierra, cubierta nuestra piel y nuestro rostro de ropas color desierto, ¿lo ves? Así como ellas, que de pronto brotan y desparecen entre las piedras, así como ellas, vive esta que te habla. De la cueva salimos durante el día solo lo indispensable. No queremos que nos encuentren. Llevamos una vida lejos de todos los pueblos del mundo, haciendo de nuestro pequeño mundo el primer pueblo de todos. Llegamos aquí cuando nuestros hijos murieron. Fuimos llegando. No hablamos, escribimos.

Hemos tenido suerte de que llegaras justo hoy porque solo hablamos el último día del año, para recibir el siguiente en oración. Solo hablamos para pedir que nuestro nombre esté inscrito en el libro de la vida. Una vez que miramos que el aire sigue dentro de nuestros pechos y el río de la vida sigue corriendo debajo de la piel, rezamos una última vez para dar las gracias y guardamos silencio hasta el siguiente año.

Esta noche rezarás con nosotras. Cenaremos palabras en voz alta, pan, vino y algunos frutos del desierto. Cenarás a nuestro lado. Esta noche, mujer, quedará tu espíritu lleno de historias, de vino y de pan. Esta noche celebraremos que has llegado como estaba escrito: «La que ha de venir el último día del año, con los pies gastados y la marca de Dios en la frente, para bendecir nuestros nombres y que queden inscritos en el libro de la vida».

Somos el pueblo de las mujeres enterradas que escriben en las entrañas de las montañas en el desierto que nadie visita. Por aquí no hay viajantes porque este desierto no lleva a ningún lado ni está en la ruta de nada. Si caminas hacia donde sale el sol por la mañana, llegarás a un mar que nunca tuvo vida. Si caminas hacia donde se mete el sol por la tarde, llegarás a un acantilado tan alto, que el fondo podría ser el infierno mismo y no lo sabrías. Todos los viajeros que se acercan lo saben y rodean hacia el río que pasaste hace varios días.

Sabemos quién eres. En nuestros escritos está la historia que ha pasado antes de que los pies de María pisaran el camino. En nuestros escritos está puesto cada paso que has dado, María, en este camino tan tuyo que es de todas. En nuestros escritos está puesto también cada paso que hemos deseado para ti, una vez que de nosotras te alejes.

Estarás aquí un tiempo. A las mujeres de la tierra nos ha sido encomendado cuidarte y contarte las historias que necesitas saber para lo que sigue. No, no nos lo ha dicho nadie. Lo que sabemos está escrito por las que escribieron antes y guardaron los rollos dentro de vasijas de barro, bajo la tierra. Ahí los encontramos, en las cuevas aquellas que ves, donde ahora vivimos nosotras enterrándonos y desenterrándonos cada día. Está escrito que al lado de María miraríamos las primeras estrellas del año que comienza, le contaríamos el mundo y le enseñaríamos a guardar silencio un año entero. Está escrito que a través del silencio encontrarás las palabras que te hacen falta para decir y dar la última palabra.

Camina conmigo. Celebra con nosotras el año que empieza. Celebra con nosotras que están nuestros nombres inscritos un año más en el libro de la vida. Celebra para que no extrañes y encuentres en el silencio el universo que acuna al mundo. Aprende a acunar, a arrullarte con el viento, con la escasa lluvia.

María, hoy soy bendita, hoy caminas conmigo. Algún día, todos los pies caminarán contigo. Algún día todos los pies del mundo estarán benditos.

Escucha.

Escucha nuestra oración, tú que me escuchas.

Ten compasión de mí y de mi esposo que está lejos de mí.

Ayúdame a poner fin a las dudas, el miedo y la incertidumbre.

Haz que todo el odio y la guerra desaparezcan de la tierra.

Haz que mi camino de regreso me haga más fuerte.

Haz que mi silencio me alimente con todas las palabras que aún no sé.

Ten compasión de estas mujeres que han dedicado su vida a escribir la vida.

Ten compasión.

Sé generosa con nosotras.

Inscríbenos para la bendición en el libro de la vida.

Que el año nuevo sea un buen año para nosotras.

Que el año nuevo sea de un buen silencio.

4 Jezabel

Solo son manos y cabezas, José.

Las mujeres que me cuidan en las cuevas del silencio solo son manos y cabezas. Los cuerpos están cubiertos. Debajo de las telas, en las pieles que no han visto el sol en siglos, escriben las unas en las otras la historia del mundo.

Me han mostrado los escritos. Todo está puesto ahí. En el principio, el verbo se hizo en la piel de estas mujeres, con la paciencia y la dedicación de las que hoy solo son manos que escriben y cabezas que piensan.

Si estuvieras aquí, si pudieras mirar lo que yo. Si de mis pasos hubieras sido compañía, tendrías los ojos más abiertos que el cielo. Hay un cansancio con tibieza que acompaña estos días de mi vida sin voz. Un cansancio suave que comprende y abraza mis pies que han caminado tanto. Hoy estoy en paz. Hoy entiendo de qué está hecha la guerra y por eso estoy en paz. En el silencio de las rocas he andado otro tanto del camino, ahora con los ojos. Estos ojos que, con vehemencia, besabas están más abiertos que el mundo. Tus ojos, el cielo; mis ojos, el mundo. Hoy entiendo que el cielo y el mundo se aman y se amarán hasta que la tierra se abra y se formen otro mundo, otro cielo. Hoy entiendo que la tierra y el cielo se abrirán y estoy en paz. Hoy entiendo de qué está hecho el mundo y por eso estoy en paz.

Si fueran mis pensamientos la hoja de un árbol y el viento esclavo de mi voluntad, viajarían susurros de mi voz hasta tus oídos. Te contaría todo, te diría que falta poco para nuestro abrazo que no se ha de soltar más. Te diría que he visto tanto y tan distinto. Te llenaría esos ojos de cielo con mil historias, de los pueblos que son de una manera, pero que, cruzando una montaña o un desierto, o un río estrecho tan solo, son de otra totalmente distinta. Te diría que he visto pueblos que son casi la misma cosa, aunque entre ellos exista un mar de distancia, que he visto pueblos que parece que son el pasado el uno del otro.

Te lo contaré a detalle, amor de raíces profundas. El mundo entero con palabras de viento haré bailar ante ti y te lo contaré una y otra vez por el puro placer de mirar tus ojos abrirse como cielo.

Hoy estoy mirando un pueblo que no es de ninguna forma que tu esposa haya visto. Las cuevas detrás de la muralla, detrás del desierto más extenso, detrás del mar que está muerto. Las cuevas que no existen para nadie son la casa del pueblo de las que gritaron tanto que ahora guardan silencio eterno mientras escriben la historia del mundo. Del mundo que conocemos y que habremos de conocer.

***

Queda lejos el día en que mis pies comenzaron este viaje, queda cerca el día en que he de volver a ti.

Amado esposo mío, el lugar en el que estoy es el reino del silencio. Mujeres de manos y cabezas se mueven, escriben en las pieles de las otras y se cubren, van, traen agua, alimento, lavan manos, rostros. Cuidan mucho lo escrito en el cuerpo, lo cubren, lo sellan. Duermen. Silencio acompañado del sonido de las ropas color desierto y los vientos que fuera de las cuevas hacen música. Al final de los días que son contados por la tradición, en el día del descanso, todas lavan sus cuerpos por entero y las letras son borradas para comenzar al día siguiente a ser escritas de nuevo. Las mujeres que seis días son cabeza y manos, el séptimo día son cuerpo total. Cuerpo en silencio. Cuerpo de nuevo que una vez fue lienzo. Lienzo con manos y cabeza. Cuerpo con una historia que se borra una y otra vez. Todo en silencio.

Silencio con viento.

Silencio con pasos.

Silencio con mis pensamientos que han construido una torre de Babel con mil idiomas que entiendo.

Y mientras se escriben y me escriben lo que no ha sido escrito, hay una caravana de preguntas en mi corazón.

¿Quién será, José, Aquel que salga de mi vientre? ¿Qué sentirás al mirarlo? ¿Lo amarás? ¿Será tan tuyo como lo será de la tierra y del camino? ¿Será tan nuestro como lo han sido nuestros besos? Una isla son José y María, y por el centro una montaña la partirá en dos para nunca más volver a su soledad entre mares.

Una isla habremos sido en el recuerdo, y cuando seamos viejos y entre nosotros el Hijo de Dios nos mire como sus padres, le diremos que ha sido una buena vida, que ser sus padres ha sido una buena vida. Que la vida antes era buena, pero era otra, la que murió, la que no siguió su curso, la que se partió en dos para dar paso a su paso. Que la vida que no fue tenía forma de árbol y que esta vida, la que sí es, tiene forma de montaña y que un árbol es un árbol y una montaña es una montaña, y tanta falta hacen el árbol como la montaña, como el desierto, el río, las cuevas, los ojos, los olivos, los cuerpos escritos y los pájaros. Le enseñaremos que hay millones de vidas, pero la nuestra a su lado ha sido una montaña y ha sido una buena vida. Le diremos que hemos podido subir a lo alto para mirarlo cruzar más desiertos que los que cruzó su madre. Que lo hemos visto volver una y otra vez. Y si al nacer nos pregunta cuáles son los planes que para Él tiene Yahvé, le hablaremos de su casa, que es la casa de David, el más hermoso de los reyes. Que es la casa de José, el paciente tejedor de raíces. Que es la casa de María, la que caminó y pensó y conoció y guardó silencio y de Dios se hizo compañía para volverse la madre de su hijo, porque eligió ser la que no era. Le diremos que sabemos de dónde viene, pero no a dónde va. Le diremos que en las cuevas de las mujeres que son cabeza y manos que escriben, su madre, María, se guardó en el silencio del mundo y de Dios, porque dentro de las cuevas también Dios guardó silencio.

Amado José, le diré que sí a Yahvé. Me volveré la madre de tu hijo y su Hijo como la noche se vuelve el día. Como la semilla se vuelve trigo, como la tierra se vuelve fruto. Seré la primera que de Dios hace carne su Espíritu. ¿Seré la última? Seré la primera que de dos padres engendra un hijo. ¿Seré la última?

Lo he visto escrito en uno de los cuerpos de las mujeres. Hablaba de mí y del hijo que ha de venir de mí. Estaba escrito que de mi vientre sin dolor vendrá a mis brazos el más dulce de los hijos. Que será la miel el sabor de muchos años. Que después vendrá lo que ha de venir y se ha de escribir. Aún no.

Hoy lo comprendo, José. No sabré todo, de hecho, sabré casi nada. Me han sido dados estos años de comprensión y de sabiduría absoluta, de mirar con mis propios ojos que todo está escrito, excepto aquello que no tengo que saber. Que lo que no es del mar no es del mar. Lo que no es del desierto no es del desierto. Lo que no es del César no es del César. Lo que no es de Dios no es de Dios. Lo que no es de María no es de María.

Decía mi madre, que decía su madre, que decía la suya, que al abrirse el vientre y romperse en dos, empieza el tiempo del desconocimiento del mundo. Lo que era el día es la noche y hasta los sabores cambian. Todo cambia cuando ya entendíamos hasta la nada. Esto no lo dijo Dios. Lo decía mi madre, que decía su madre, que decía la suya. Quizás también lo dijo la madre de Dios a sus hijas. Quizás hoy me encuentro viviendo entre sus hijas y no lo sé porque hoy son silencio. Ayer fueron gritos; hoy silencio. Mañana, no lo sé.

Amado José, tus brazos fuertes nos han de sostener. Mi abrazo de estrellas nos ha de iluminar. Su manto de bendiciones nos ha de guiar.

5 Baal

Sois María, la hija de Yahvé, visitada por Gabriel. María, la que habéis conversado con El-Shaddai, esposa de José, hija de Hanna.

¿Sabéis lo afortunada que sois por conocer el nombre de vuestros padres?

María, la que a punto de morir estuvo en las manos de Caín o Abel, porque cuando se trata de que los hermanos se aniquilen, da exactamente lo mismo si el que queda vivo es Caín o es Abel. María, la que aprendió de Eva las frondosidades del mundo y de Set, los secretos de la tierra, la que diluvió por dentro y contará millones de veces la verdadera historia de Sarah y Abraham, su asesino.

Sois María, la que torció un poco la cabeza de lado y sin pudor alguno arrancó un dedo de Lot, para salar sus alimentos. Sois la que recibió el maná de las manos de Edith y por Caifás habéis sido observada. Os hablaría de Caifás, pero no es de María lo que no es de María, así como no fue de Adán lo que no fue de Adán.

Sois vos, la que bendijo los besos paganos de Abimelec, la que canta por los caminos los millones de nombres
de Adonai, para no perderse en el miedo sin estrellas.

Os he escuchado,
con lágrimas os he escuchado cantar.
Si alguna vez en las páginas
de algún libro sagrado
queda escrita la pregunta
¿acaso Dios llora?
Así mismo dirá en las letras siguientes:
aprendió a llorar, Dios, sin esperarlo.
Aprendió a llorar,
emocionado por la voz de María,
María, la que camina y canta.

Sois vos, la que habita hoy el único lugar del mundo en
donde no puedo estar. ¿Por qué no te escucho aquí dentro?, me preguntaríais sin duda. No estoy dentro porque
así fue mi voluntad. Porque en mi propia soberbia he
sido capaz de crear un resquicio en el mundo, libre de
la presencia de Dios, solo por el placer de haber creado,
incluso, lo que no puedo conocer. Porque antes de haberos creado a vos, estuve aburrido y cansado y solo.
Porque he estado solo, María. Porque antes de vos, he
estado solo.

María, la que con Paltith miró a las cientos volverse
las miles, la que arrulló los temores de Rebeca y miró de
frente al cazador Esaú. La que fue vista al pasar por los
grandes ojos de Mahalat, y de Jocabed guardó el entendimiento de los vientres del mundo.

María, hija de Joaquín, nuera del noble Esaú, esposa de José, madre del hijo de Ehyé, de El-Roi. ¿Aceptaréis por fin?

María, la primera mujer, la que encontró el camino perdido de Séfora y ha escuchado la historia de Moisés, el mentiroso. Sois la que os guardáis en las caderas de José mientras los Aarones del mundo inventan las leyes de los hombres. Sois la que entiende que los milagros de Magdalena no estuvieron escritos nunca, aun cuando estén sin ocurrir, porque sois también la que habéis vivido el tiempo de El-Olam, que ha puesto a tus pies lo que ha sido y lo que será para que comprendáis quién sois.

Sois la que bautizó al bautista, la que testificó el primer tabernáculo, la que se supo mi espejo y siguió caminando como si tal cosa. La que subió a la piedra del Pedro que después se hizo Iglesia. La que me nombró Moloc y también Ashem.

María, la que extraño como extrañan los hombres el abrazo, como extrañan los que viven atados al tiempo y añoran porque no son el tiempo. Yo soy el tiempo y, sin embargo, os extraño.

Aquí os espero porque vos sois María, la que respiró mientras Leví escuchaba las mil palabras. La que miró las guerras de Caleb y Eleazar y Balaam y Cozbi. La que ha dictado las letras de Marcos porque a Marcos las voces de su cabeza lo dejaron solo. La que colgó unos cuantos recuerdos de las espaldas de Simón que, por una noche, la noche del deseo, se llamó José. La que ha querido que me convierta en mandamientos, la que me ha nombrado Elohim, Samael, Eloah.

Os he escuchado nombrarme,
con curiosidad, y a escondidas de vos
os he escuchado inventarme nombres.
Si alguna vez en las páginas
de algún libro sagrado
queda escrito mi nombre,
sabed que son cuatrocientos,
porque de cuatrocientas formas distintas,
María la que camina,
María la que canta,
se volvió también,
María la que me nombra.

¿Cuántos días han pasado desde que estáis dentro de estas cuevas? ¿Qué ha ocurrido conmigo que de pronto tengo que medir el tiempo?

¿Cuándo saldréis, María? ¿Cuándo me diréis que tendréis a mi hijo, como Isabel tendrá por fin al suyo? ¿Cuándo iremos donde José? Iremos, deseo.

Y como Rajab entró en sus brazos,
él entrará en los vuestros y vos entraréis en los míos.
Y mientras los muertos de Nun
se entierran por montones,
me haré carne, para ser amado.
Me amarán la que camina
y el que por tres años ha esperado por ella.
Y Ashem, José y María nos haremos carne,
carne para ser raíz,
raíz del mundo,
de otro pueblo raíz.

6 Abía

María, el que hace del todo lo cierto, el que dicta las leyes del tiempo, está puesto afuera de estas cuevas, esperando a que tus pasos se echen a andar de nuevo y salgamos por fin de aquí. El Dios de la incertidumbre, como lo nombramos las que en la oscuridad vivimos, en su propia incertidumbre espera que comiences el camino de regreso. Y en los pasos del regreso que no es regreso, te habremos de acompañar las mujeres cuatrocientas, que cambiaremos nuestro nombre antiguo para ser las mujeres que caminan, como María, la primera.

Somos las del pueblo sin tierra, que se disolverá en los miles de pueblos, para recordarle al mundo que ninguna tierra es de ningún pueblo y esa es la bendición, esa es la incertidumbre que se repite por los siglos de los siglos. Porque si nuestros pies fueran raíces seríamos árboles y no lo somos. Porque si nuestras manos estuvieran de escamas hechas, seríamos peces y no lo somos. Eso es lo que manda Yahvé, aunque ya lo haya olvidado y entretenido esté fuera de estas cuevas. Nunca pensamos mirar a Yahvé invadido por el misterio y la incertidumbre de esperar a la primera que camina, a la primera que no se detendrá nunca.

Desde esta oscuridad ha sido posible conocer a Yahvé. Al Dios del misterio también lo nombramos cuando comenzó nuestra noche de los cuarenta años y nos recluimos aquí, sin la luz del sol que deslumbra como el oro. En nuestras pieles hemos escrito y comprendido todo aquello que es posible escribir y comprender de la creación. Y lo que se escapa, lo inentendible, nos lo hemos bordado como segunda piel. Es más lo que no sabremos juntas que lo poco que hemos escrito, aunque lo escrito se multiplicará por millones en el mundo, con los años del mundo, con las letras del mundo. Todas las letras, todos los mundos.

Pero no se ha de leer la verdad última de las muchas que serán borradas. La certeza que cae como piedra sobre el alma. Y escucha esta verdad porque habremos de repetirla hasta que sea tan nítida como la noche misma: no somos, María, el pueblo de la tierra, ni del barro, ni de las piedras, ni de las raíces. No somos el pueblo que se adueña de la tierra o del barro o de las piedras o las raíces, porque ningún pueblo tiene ninguna tierra, ni es el barro suyo o las raíces su naturaleza, sin embargo, lo creeremos. Nuestro pueblo será todos y ninguno, el único y cualquier otro. Nuestro pueblo, como los pueblos, se adueñará de la tierra creyendo que son raíces nuestras piernas. Se erigirá en las alturas creyendo que hacia arriba el barro no se vuelve siempre arena. Se aferrará a la quietud como estatuas de sal sin silencio.

Con los pasos de María, las cuatrocientas de estas cuevas, y las miles que han de venir después, comenzarán su camino hacia la raíz del mundo que nació en una primavera. Son tus pies los que marcan el inicio del éxodo de la esclavitud de la guerra a la libertad de la tierra, porque ha sido prometida para ser fruto, alimento, descanso. Es la tierra, María, es la raíz. Es lo primero, es el orden del orden primero. Es la génesis de todo el Génesis. La tierra, la raíz. Tus pasos, de nosotras, los pasos, tantos pasos.

Hoy, esta caravana que te sigue arranca de los suelos lo que no es de los suelos del mundo. Hemos de recorrer los caminos, las ciudades, las torres que tocan el cielo y las que se han de quedar a vivir en el cielo. Y como nuestros pasos hacen que la tierra tiemble, seremos encadenadas por cientos, por miles. Y será tanto el tiempo de la esclavitud que estará escrita en los libros del mundo como si fuera verdad. Nosotras, las otras, seremos encadenadas con eslabones de hijos y nietos y padres y madres y linajes inventados. Nosotras, las otras, viviremos en la oscuridad cruel de la mentira vuelta fe, dogma, ciencia, ley. Será la gran verdad del mundo nuestro vellocino de oro y con el cuerpo esclavo lo adoraremos.

Pero los pasos no se olvidan. Las alas vuelan. Los pies caminan.

Y el agua de nuestro llanto se volverá ríos de sangre. Sangre que surcará las venas de la tierra por venir.

Y a las bocas del mundo les brotarán sapos que se harán palabras, que se harán leyes, que se harán castigos, que se harán hierro ardiente en nuestras pieles. Y las palabras serán inscritas en el corazón de las que caminan para desatarnos los pies.

Y a las cabezas del mundo les nacerán insectos que por sus oídos habrán de susurrar millones de cosas en un sentido y en el otro. Y se han de llenar las cabezas de yuntas que tiran para todas las direcciones y se romperán en dolor las cabezas del mundo. Y al romperse sus pedazos de ideas, se volverán más torres, más ciudades, más alturas, más tierra buena que se hace piedra seca.

Y será tal la podredumbre que las moscas habitarán los cielos haciendo de las nubes tormentas de mentiras. Nubes densas, aire escaso, torres secas.

Y los animales del mundo que habían tenido el camino trazado hacia las bocas de los miles, empezarán su propio éxodo hacia la tierra sin promesas, antes de entrar en los cuerpos. Y al ser comidos por los miles ya serán piedra, moscas, mentiras, sangre sin sentido. Ya serán muerte antes de ser la muerte de los miles. Muerte que carga muerte mientras camina como si diera vida.

Y se anidarán en las entrañas de los cuerpos de los miles todos los males del mundo. Los que ya habían sido escritos antes de nosotras y los que han de venir por encadenarnos a nosotras.

Debes saberlo, María. Serás la madre del Hijo de Dios, te han dicho. Es lo primero que debes saber, no lo último. Es el vientre de nosotras el puente por el que han de atravesar todos los mundos posibles hasta que el mundo posible sea aquel por el que transiten quienes han de caminar sin detenerse, para que las torres dejen de tener sentido y sean polvo y sean tierra. Para que los pasos acaricien a la adolorida tierra y no haya fuego o granizo que la aniquile.

Y será ese el día, María, en el que el fin de lo que hoy comienza se anunciará. Cuando sean los eslabones arena que baila con el viento y se hace música. Y sea esa música la voz de las aves que nunca necesitaron los castillos de palabras para enamorarse del cielo. Y sea ese cielo el espejo de los mares que brotan de nuevo. Y sean los mares quienes amamantan a los ríos que olvidaron la miseria y florecieron.

Y en el séptimo día aprenderemos a caminar a la luz de las bestias que recorren la tierra, hasta que el cansancio nos venza, María. Y en una oscuridad total, hemos de dormir la larga noche de la reconciliación. Todas las bestias, las aves, las estrellas y las personas nos encontraremos en el sueño de lo justo. Ese, María, será el más dulce de los sueños.

Y en el octavo día, nos despertaremos de esta larga pesadilla y seremos parte de la tierra que nos ha prometido ser parte de ella. Caminando, acariciando con nuestros pies a la divinidad disuelta, siendo también raíz. Lo aprenderemos por fin.

Sin detenernos, celebraremos que el mundo de las estatuas de sal será ya parte de un recuerdo.

Has dicho que sí a su voz y ante la nobleza de tu gesto, nos postramos y descubrimos el rostro para ti.

Una última cosa, María. Ya es tiempo de que tengas esta verdad contigo. En su voz está la nuestra, siempre lo estuvo.

En su voz y en la voz del que ha de nacer, siempre estará la nuestra.

Este es el día, María. Hoy habrás de llegar al lecho de José y María, para que su voluntad deposite en la tierra la semilla que desarraigue los pies y comience a escribirse nuestro testamento al mundo.

Camina, María.

Camina, que hace falta un principio.
Camina, que el mundo es un caos.

***

María, me ha llegado la noticia de tus pasos de vuelta. Hermosa esposa niña, aquí está tu compañero de respiración hasta el día que se nos acabe la vida.

María, la más amada. Al caer la tarde mudaré todas mis ansias a tus ojos espejo.

María de mi vida, me inunda la alegría. Y el río de tus andanzas suena más de lo que supimos nunca.

Aquí está tu esposo, María, tu amor, tu esqueleto, tu aliento. Aquí está tu esposo, María.

***

José, hermoso tejedor de raíces. ¿Serás mi compañía hasta que se cierren mis ojos empujados por los años y las arrugas?

José, amado esposo elegido, al caer la tarde mudaré los íntimos miedos al cobijo de tus brazos fuertes.

José de mi vida, tengo miedo. Mis pasos suenan más de lo que supimos nunca. No me sueltes, José. Sé también, además de mi amor, mi esqueleto y mi aliento. No me sueltes, José.

***

Dejaréis de escucharme como lo habéis hecho hasta ahora. Ha llegado la hora. Y empezaré a disolverme en otras voces. Las que ya no son una sola. Sois, María, la dulzura que me deshace y me transforma en lo que no ha sido posible.

María, sois la que camina. Seréis la madre de lo que no soy aún, y estaréis conmigo en cada momento hasta que me vuelva carne y aliento en tus brazos.

María, la única elegida, al caer la tarde mudaré todos mis miedos al regazo de vuestros pechos cálidos.

María, la que da vida, tengo miedo de ser creado. Y el miedo es más grande de lo que supimos nunca. No me soltéis, María. Sed también, además de mi cómplice, mi esqueleto y mi aliento. No me soltéis, madre, no me soltéis, María.

7 Anoki

FIN

Epílogo (12Q1)

Entre los textos descubiertos en las cuevas del Qumrán en 1947, este manuscrito fue hallado prácticamente intacto.

Esta es solo la primera parte.

No puedo desvelar las razones por las cuales no fue dado a conocer al mundo, como los otros fragmentos.

No puedo decir cómo fue que cayó en mis manos.

Parece un milagro que no se haya destruido.

No conviene que se sepa todo lo que sufrimos para su traducción.

No se sabrán nunca los nombres de todas las que participaron en su traducción.

No estará en el olvido nunca más.

No será más apócrifo.

(Primera parte de la trilogía Q)

Esta obra se terminó de imprimir
en el mes de octubre de 2024,
en los talleres de Grafimex Impresores S.A. de C.V.,
Ciudad de México.